그늘자리

Over a Wall
Poetry
28

그늘자리

리규창 시집 5

2016 ⓒ 리규창

그늘자리

평생 꿈이었습니다. 그 꿈을 추운 겨울 원고를 정리하며 이루어지기 시작했습니다. 1집 『망치잡이』가 나오는 날 삶의 끝자락에서 세상이 다시 시작했습니다. 더 배우고 싶고 글공부도 하고 싶었지만 소중하게 모아온 글이 시집으로 세상에 인사했습니다.

그리고 연이어 2집 『설레바람』, 3집 『하얀 시간』, 4집 『강물이 울면』까지 쉼 없이 달렸습니다. 거의 한 달에 한 권씩 시집을 묶어낸다는 것이 가지고 있는 원고이지만 힘든 일이었습니다. 중간중간 몸이 안 좋아지기도 했지만 평생의 일기로 쓴 시를 다섯 권의 책으로 묶고 싶었습니다.

드디어 5집 『그늘자리』를 펴내게 되었습니다. 몸이 좋지 않은 날들도 있었지만 부족해도 제가 바라던 5집이 묶어졌습니다. 뒤돌아보면 부족함도 많이 보이지만 이번 『그늘자리』에는 2016년에 새롭게 쓴 시들을 5부로 따로 묶어 보았습니다.

꿈을 이루어 냈습니다. 부족함은 부족한 대로 놔두어야 할 것 같습니다. 모든 것을 완벽하게 살아온 삶이 아닌 것처럼 글도 그러한 것 같습니다. 하지만 부족해도 최선을 다하고 소중함을 한 글자 한 글자에 담았습니다. 좋게 봐주셨으면 하는 바람을 갖습니다.

언제라고 확약할 수는 없지만 새로운 시들도 열심히 써 다음 책을 기약해 봅니다.

아- 정말로 그립도록 그리운 나의 벌거숭이 친구들이여!

그 시절로 돌아갈 수는 없지만 우리들 추억 속엔 그대로 꿈틀거리는 옛날에 흔적들 배꼽 밑만을 가려 용출출 적에 예쁜이들은 몰래 숨어서 봤던 파란 솔밭 그늘이 마냥 그리운

벌거숭이 친구들아 다 잘 있느냐?

부여 추양리에서

리 규 창 씀

차례

■ 시인의 말 _ 강물이 울면 _ 4

1970~89

1부 사월 한나절

나의 노래 _ 12

푸르른 봄 _ 14

사월 한나절 _ 15

추석 전야곡 _ 16

황부들의 인정 _ 17

서울에서 _ 18

굵은 의지 _ 19

텅 빈 가슴으로 _ 20

아버님 영전에서 _ 22

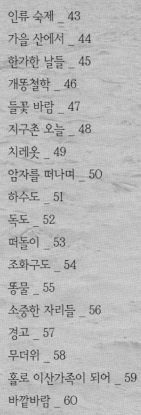

2부 섣달그믐 밤 1990~99

고향 _ 26

불효 _ 27

빛 바랜 문명 _ 28

나이신 _ 29

부여 칩거 _ 30

일기 _ 31

태양신 _ 32

걱정 _ 33

유난스레 찬 아침이다 _ 33

홀로라도 _ 34

여로 _ 35

강경에서 _ 36

섣달그믐 밤 _ 37

긴 머리 아가씨 _ 38

아버지 _ 39

어머님 제사 _ 40

화합 _ 41

더불어 _ 42

인류 숙제 _ 43

가을 산에서 _ 44

한가한 날들 _ 45

개똥철학 _ 46

들꽃 바람 _ 47

지구촌 오늘 _ 48

치레옷 _ 49

암자를 떠나며 _ 50

하수도 _ 51

독도 _ 52

떠돌이 _ 53

조화구도 _ 54

똥물 _ 55

소중한 자리들 _ 56

경고 _ 57

무더위 _ 58

홀로 이산가족이 되어 _ 59

바깥바람 _ 60

3부 그늘자리 2000~09

음과 양의 조화구도 _ 62

아프리카 _ 63

특별한 목숨 _ 64

사람임을 _ 65

멋쩍은 속삭임 _ 66

아침을 열며 _ 67

문맹인 _ 68

섣달그믐에 _ 69

중심고리 _ 70

늦은 홀로서기 _ 71

봄 · 1 _ 72

꽃샘추위 _ 73

뉘우침 _ 74

채운산 산길에서 _ 75

봄 · 2 _ 76

동그라미 _ 77

성묘길 _ 78

이사하는 날 _ 79

핵 _ 80

젊음 _ 81

궂은 날씨 _ 82

개미 이사하는 날 _ 83

여름 유원지 _ 84

첫사랑 _ 86

혹시나 _ 87

꼬임 _ 88

산에 오르면 _ 89

사람임을 _ 90

밭 _ 91

벌초 _ 92

착한 마음 _ 93

대단한 추위 _ 94

역사 공부 _ 95

외계인 _ 96

인연 _ 97

그늘자리 _ 98

바램 _ 99

자연법칙 _ 100

거꾸로 _ 101

귀빠진 날에 _ 102

귀띔 _ 103

도시텃밭 _ 104

눈 내리는 날 _ 105

그늘자리

2010~15

4부 감성과 이성

한가위 _ 108

홀로 _ 109

컴퓨터 문화 _ 110

믿음 _ 111

감성과 이성 _ 112

철없음 _ 113

장군님 만세 _ 114

우물 안 개구리 _ 115

바램 _ 116

새벽녘 고속열차 _ 117

눈빛 _ 118

5부 다 잘 있느냐 2016

떡국 _ 120

소녀상 _ 121

아기 공주님 _ 122

진화 _ 123

시작 _ 124

선과 점 _ 125

아리따운 한글 _ 126

가랑비 _ 127

아름다운 조화 _ 128

새들 노래 _ 129

큰 메아리 _ 130

홀로라는 _ 131

젊은 아낙네 _ 132

과학 _ 133

벌거숭이 친구 _ 134

조그만 기계 _ 135

오천년 _ 136

옛날의 자장가 _ 137

보문산 추억 _ 138

간호원 아가씨 _ 139

다 잘 있느냐 _ 140

꾀병 _ 142

석관동 추억 _ 143

1부
사월 하나절

나의 노래

하늘이 내리신 땅
처음으로 모습 깨우치던 날부터
내 노래 그 가락 어렵지 않게
쉬이 읊으며 씨앗을 뿌리고
쉬이 읊으며 씨앗을 거두고

구슬픈 눈물조차 어여삐
밑거름으로 타오르던 불꽃!
그러던 노래 이토록
내가 불러도 듣기 어렵고
들어도 캄캄한 밤인 듯

뿔뿔이 흩어질까?
아예 처음으로 가고 싶어라
애보리 밟듯 자라고 싶어라
낯선 목소리 애달픈 날에

내 노래 그 가락 처음같이
뭍에서 뭍으로 강에서 강으로
내 가슴 가즈런히 맺힌 노래
듣니? 아내는 불러라 나도 듣자

깊은 숲 모여 사는 이들
고개 들고 따라 부르련다
덩실덩실 어깨춤 만들며
밤에는 자장가로 하루 일손 돕고
내 노래 그 가락 절로 내일이 열린다

푸르른 봄

겨우내 긴 잠에서 눈 뜬 아이들
훌훌 이부자릴 벗고

떼 지은 무리 어깨동무
산 넘고 들을 지난 달음질이 좋아라

온 세상 떠들썩히 싫지도 않은
무럭무럭 자라나는 아이들 모습

오가는 길목마다 들끓는 젊음
샘솟는 기운으로 하늘을 연다

사월 한나절

봄이 번지는 초록물감 사이로
물 소리 바람 소리 어우러져 반갑다

아른히 피는 아지랑이 숨결에
냇가로 나들이 나온 잠자리 졸고

먼 산 골짜기를 빙 두른
진달래 숲이 큰 웃음 머금는

어디서 날아와 우짖는지
귀 기울여 고요한 한나절이다

추석 전야곡
-변명

아버지 눈감으시고
어머니 말씀을 잃으시던 날부터
그는 먼저 피신할 것을 생각하였습니다
생신과 차례와 제사가 돌아와도
그는 먼저 떠날 자리를 마련하려 했습니다

형제들처럼 차분히 술잔을 올려
부모님께 작은 위안을 드리고 싶지만
생전에 불효가 용서치 않아
그는 돌아갈 수가 없었습니다
그를 꾸짖으려는 찌푸린 얼굴들이
점점 커다랗게 겁이 나는 저녁
그는 부모님께 올린 약속을 어루만집니다

오늘 밤 같은 달이
여러 해 바뀌어서 돌아가는 날들
영영 돌아가지 못하는 날들을
부모님만은 기꺼이 그를 불러
큰 꾸지람 둥그렇게 용서하실 것입니다

황부들의 인정

　내 젊은 핏줄에 기름을 붓던 황부들은 정녕 옛 이름뿐이랴 누구를 찾아 누굴 만나려는지 술익는 한 좌석이 눈치를 살피는 온통 고얀 물살로 출렁이며 새끼손가락을 펴 여유를 끌던 벗들은 모두 죽어 쫓겨나가고 알량한 계산을 앞세운 상술이 선심 술을 권해 살인을 자행하는 특별나게 지정된 장소가 되어, 가고 싶지만 반기는 이 없는 곳이라 시퍼렇게 날 선 살인무기*를 드는 날 내 무기에 효력은 있는지 시중꾼들은 우르르 몰려와 소름끼치는 행위다

　벗들은 어디로 달아나 버렸는지 숨소리를 감춰 발자국도 남기지 않은 정녕 황부들은 옛 이름뿐이랴

*시퍼렇게 날선 살인무기 : 만원권 지폐

서울에서

　모든 인종이 잠실펄로 찾아드는 날 도도한 몸짓 한 번쯤은 뽐내 보일 듯이 여태껏 통통 토라져 눈을 흘긴 여인을 그리는 정 못내 아쉬워

　남산전망대(타워)야 여의도 육삼건물(빌딩)아 장다리로 솟은 용기 가상하다만 너희 그림자 숲으로 고개 떨군 날품팔이 아저씨 시무룩히 졸까?

　전등 불꽃이 발광하는 무교동에서 몇 잔 술 선심 쓰며 구르는 춤이야, 낯선 걸음발을 흉내 내다 넘어져 뱃살 쥐는 이태원 골목이 부끄러워

　까만 밤하늘에 박힌 별 하나하나엔 서울을 지탱해온 숨결이 가득 흐르고 지금은 모든 잡음과 소동들 차단하며 문명인과 문화인답게 걸어야 할 때

　가자 술 냄새 모조리 쏟아붓고는 물 건너 독벌처럼 쏘아대는 버릇들을 가슴으로 슬기로 남김없이 깨트리고 서울 한복판에 편안히 누워 보리

굵은 의지

갈 길도 바쁜 나날들을
나는 쓸데없는 금박에 입혀
헛된 죽음을 기려야 했다

나를 지탱해 온 굵은 의지가 어둔 밤 무섭게 몰매를 맞고
이제는 허울 좋은 탈을 씌워 철저히 감금하려 벼르는데 비킬
수 없이 부딪치는 기후 속에 감정은 썩고 사상은 억제되어 낯
선 것들로 몸에 배는 수난이다 산은 높고 들은 거칠어 숨 가쁜
걸음 걸음마다 이대로 잦은 해일에 휩쓸려 가늠하던 길조차
잃으려느냐 여긴 내 어머님 젖무덤이요 내 호흡을 지킬 아내
입술이다 어서 기지개 펴 눈을 뜨라 사랑을 꿋꿋이 지키려는
여인네 어여쁜 숨결같이 품속에서 자라는 믿음이 더욱 아름답
게 눈이 부시던 날 나는 서서히 죽음에서 깨어나는 하늘과 땅
과 바다를 간직하며

해를 그리고 달과 별을 그리고
물 소리 바람 소리를 가르며
내 몸짓들 가득 풀어 즐길테요

텅 빈 가슴으로

부끄럽지 않은 진짜 가난이
사랑을 들여다볼 수 있는 거울이라며
날품팔이 하루살이를 어색지 않게
두루두루 문학을 즐길 때면

끼니와 잠자리와 온갖 생각들이
독한 술잔 속에서도 곱게 순화되어
문학 속에 꽁꽁 묶이려고
깊이 빠져 묻히려고 안달입니다

더러는 문학을 학대하다 못해
어느 음산한 뒷골목 그늘 속에
문학을 내팽개치려다가

들녘과 산자락을 흐느끼며 흩어진
귀한 노래들이 따가운 몸짓들이
죽음인 듯 깜짝 놀라게 해
퇴색되지 않는 말을 적으려 애씁니다

오랫동안 슬프게 질식이 되어
억지로 끌려 넘는 언어들이
가끔 님을 불평하고
사랑을 불안해합니다

가야 할 길은 아스라이 먼데
문학을 따라가지 못하고
문학에 익숙하지 못하여

오늘 밤은 텅 빈 가슴으로
술잔을 높이 들었습니다
휘청대는 긴 바람과
근심스런 짙은 어둠이

서너 잔 술에 숨을 거두며
목욕을 즐기는 은핫물!
나는 님과 오붓이
진짜 사랑을 즐길랍니다

아버님 영전에서
-1988년 2월 19일

아버님께서 늘 속상해하시다가
눈감지 못하신 하늘에서는
내가 나 같지 아니하고
내가 그들을 닮는 착각 속에서
고심할 때가 부지기수입니다

거리는 온통 낯선 것들로
어른들 말씀이 버려지는
못된 버릇에 익숙해져 가고
지조를 지키려는 사람들은
깃을 펴지 못하는 나약한 새가 되어

쾌락을 분별하려는 순수함조차
멍청이로 전락하여
가는 슬픔으로 힘닿는 데까지
버티던 절개들이 상처투성인 채
숨을 거두는 하늘

이론과 상식은 어리둥절히
중고품으로 헐값에 묻혀
현실 안주조차 고가로 사재기 되는
노동자 농민들은 피눈물을 흘립니다

삼태기 물결이 굽어드는 곳
어이, 하늘인들 작으랴
뉘우치고 깨우쳐도
가는 허리를 죄는 쇠사슬
가슴이 쓰리도록 벅찬데

이냥 이대로 끌려가야만 합니까?
아버님, 한쪽에선 봄이 온다고
저토록 야단법석인데
아무렇지 않은 날처럼
그냥 봄 노래를 부를까요?

2부
섣달그믐 밤

고향

대를 물리고 뼈가 묻힐 고향인데
터득지 못한 자연 늘 못난이 문명을 낳아
하루살이 혁명을 불러 민중을 학대한다

장식만으로 빛살이 부푼 사랑과 평화
자유와 평등이 나부끼고
석가모니와 예수와 마호메트도 상심한 얼굴이 되어
더불어 살며 더불어 나눔을 흐느끼네

산맥과 강줄기마다 봇물진 피와 땀엔
욕심이 이끼를 꽂았다
어제와 오늘은 근심 많은 내일을 끌고
억센 힘으로 일그러진 고향에 큰손들은 쾌락을 연주하며
뿌리마저 할퀴려 법석이네

보기조차 곤욕스럽게 덤불 가시에 찢긴 꽃나무들은
다 터트리지 못한 제 봉우리
목 졸린 음성으로 메아리를 긋는다
가깝고도 먼 하늘이 고향을 물끄러미
가깝고도 먼 등성에 걸쳤다

불효

내 생활이 궁박하여 괴로운 날이면
부모님 그늘을 그리는 불효 오늘도 안고 섰습니다
세상 빛살을 귀한 선물로 참사랑과 참희생을 받으며
부모님 꿈으로 자라지 못한 불효한 욕심들은 꿈틀거리고
심신 건강을 중시하시던 유업
이처럼 간절함은 아직껏 흙탕물 속에 불효입니다
모든게 넉넉하면 갑절로 갚으리라던
불효한 생각으로 부모님은 모두 떠나시고
속 썩이지 않는 것이 효자라던 그분들 말씀이
저리도록 가슴 아픈 까닭은
영원한 불효를 안았기 때문입니다

빛 바랜 문명

문명아, 피와 땀이 부끄럽게 속살을 감추는 무덤 예가 어디냐? 종교조차 위험수위에서 버둥거리고 철학은 야위어 죽음 인듯한 사태 금세라도 핵겨울이 몰아칠 것 같은 기후다

문명아, 너를 잉태할 때부터 건강한 심신은 학대 속에 환자가 되는 유행을 낳았다 네 모자에 꽂힌 깃털이 의기양양 목청을 돋우는 산등성으로 마귀들은 죄악을 실어 나르고

그러나 문명아, 소용돌이쳐 흔들리는 물살 원죄를 뉘우치는 간절함이 침묵하는 물줄기 품으로 가슴은 열려 꼬리 감춘 짐승으로 영원히 숨을 거두는 한은 남기지 않으리다

문명아, 뭍에서 제일 영리함이 영악하게 번득이는 눈빛은 접어두고 탈을 벗지 못하는 우둔함을 반복하지 말자 영원히 이 땅 이 하늘에선 나의 문명아

나이신

　계절이 바뀌면서 나이신께서는 나들이 준비로 분주하였다 서른 고개를 넘기며 이맘때 쯤이면 마음은 구름 낀 겨울 날씨처럼 우중충히 자리에 눕는다 짝도 둥지도 꿈으로만 그려지는 그림일기 아빠라 엄마라 부르며 아장아장 따르는 아가를 한껏 안아보고픈 심정이 발갛게 익는 저녁노을 색싯감 모습이 되어 아른거린다

　나이신께서 재를 넘으면 숫자만 부푸는 인생 알맹이 없이 흐를까? 조급함이 앞선다

　골짜기 호수처럼 두려운 밤에도 달과 별을 속속히 떠받들어 외로워하지 않은 잔잔함을 안게 하소서 사랑으로 찾는 모든 것들에게 꿈을 가득 채워 주려는 슬기를 펄럭이게 하소서 이 세상에 존재하는 한 풍파를 물리치려는 골짜기 호수처럼 말이 없어도 말이 흐르고 몸짓이 없어도 몸짓이 그려지는 비밀스런 지혜를 간직하게 하소서

　방긋이 웃으시는 나이신 해가 바뀔수록 걸음발은 유달리 빠르시다

부여 칩거

옛 도읍지 네모진 방에서 꿈으로 살아나는 것들은 온통
향기 두른 듯 우쭐히 무성한 잎사귀로 떠받든
비수 품은 씨앗들

거리로 뛰쳐나와 머리를 식히려는 시간조차 야금야금 갉아
먹는 네모난 시선들 어린 시절 둥그럽다 꿈들이 그리워 조심
스럽게 옥상에서 올려다보는 달과 별은 변함없는 빛살을 내리
는데 그 소중함을 차단하는 인공 불빛이 어지러운 밤 희미하
나마 가로수들이 작은 화단들이 부소산 고취를 지키려고 꼿꼿
한 그림자로 몸살을 앓는다 아이야 네 굴절 없는 눈빛이 밤바
람을 타고 목욕으로 즐기며 내 옷깃에서 춤을 추는구나 네 거
짓 없는 웃음이 내 두 어깨 위에서 가즈런히 속삭여 든다

아이야 네 탄탄한 맥박을 내 심장에 부둥켜 안고
네모난 현대장 질척한 자리에 색다른 잠자리를 펴련다
오늘 밤 꿈엔 단풍 들겠네

일기

　내가 사랑하는

　산과 들녘엔 연초록 물감이 빼곡히 번져 감정이 오른 체온 나신으로써 연인들은 사랑을 터트리려 벼르고 이런 자랑스런 숨결 속으로 검정 물감 입에 문 기후 고향 하늘을 도색하려 하는데 정신은 저당을 잡혔는지 형상마저 꼬리 감춘 짐승으로 기형아를 낳은 일기다

　고민과 갈등으로 방황해 피운 꽃을 뿌리는 깊고 줄기는 튼튼 향기가 짙어 눈 큰 씨앗을 배리란 말씀들이 귀에서 멀어져 질척히 누운 밤 우쭐히 과시하며 안주하다 그리워 목이 메는 아픈 가슴 이젠 신조차 믿기지 않아 멀리 달아나고픈 근심뿐

　사랑을 속삭일 상대도 없이 영혼을 빼앗기는 어수선한 마당에 사랑을 두른 꽃들이 피를 토해 정신과 형상이 어수선이 뒹굴고 이젠 돌아가자 처음부터 젖꼭지에 매달린 응석같이 고민과 갈등으로 방황하며 어머님께서 편안히 잠드실

　고향 하늘 무덤 숲으로

태양신

태양신의 아들딸들이 역류해 온 핏빛 바다
싸늘한 죽음이 출렁인다

마귀들의 놀음에서 깨어나지 못하는 무지 캄캄한 밤이다 제
단을 쌓은 성전 안으로 화약을 짊어지고 불을 지피려는 영악
스러운 눈빛들 모두가 무지 짐승보다 못하고 돌보다도 못한
무지일 뿐이다 지구촌 구석구석 때 묻지 않은 무당들을 불러
큰 굿판을 벌여 볼까? 태양신을 분가한 자식들은 거리마다 현
판으로 숲을 두르고 무지로 눈 뜬 씨앗만을 날렸다 문명은 한
낱 저주받은 열매들 태양신을 기만하고 있었다 천길만길 낭떠
러지 무지만이 돋보여 흐르는 길 그러나 당신은 포기하지 않
는 인내로 가시밭길 걷는다

핏빛 바다 싸늘한 죽음을 밟으며
소낙비를 기다리는 당신은 불멸!

걱정

어정쩡한 걸음이
몸 따로 마음 따로 넘어질 듯하여
열흘 낮밤을 문 걸어 잠그고 몸살을 앓지만
뉘우치는 가슴으로 귀신들과 맞서 봐도
넘지 못하는 한시름 얽힌 매듭은
아무런 보람 없이 똬리만 틀려
들려온 걱정 덤으로 업혀나가는 한판 싸움터
방문 연 바깥바람 예전과 전혀 다르게
유난스레 찬 아침이다

홀로라도

들리지 않아도 뜻이 통하는 별들처럼 보이지 않아도 헤아릴 수 있는 느낌들 외항선원으로 글맥을 찾아 대양을 누비는 벗과 한 벗은 녹을 먹으며 목청을 다듬는다

지난 여름밤 속 붉던 술자리에 나 홀로 덜렁 형태로 앉았지만 벗들은 뚜렷이 눈 속에 안겼네 후회 없는 글을 빚으리라던 벗이 어쩌다가 글맥을 잃었다는 소문과 고운 목청을 조심스레 다듬던 날 갑자기 산사에 묻혀 중이 된 벗이 짝과 둥지를 아낌없이 감싸려는 마음이여 세상 소리에 아예 귓문을 닫으려는 울분이여 잠시 잠깐 시선을 옮겨간 자리엔 새롭게 움트려는 씨앗이 들여져 있다

안주 없는 막걸리 앞에 벗들이 앉아 변하지 않은 모습으로 도란도란 찬바람이 옷깃에 매달리는 밤 별들은 반짝이는 빛살로 술잔을 채우고 형태엔 상관없이 통하는 이야기로 흥취하는 시간에 심술궂은 구름이 짙은 어둠을 몰고 와 깝죽이지만 이내 별빛을 쏟아내리는 하늘!

여로

날이 갈수록 하나둘 벗들을 빼앗기고 이제는 형제들마저 잃어가며 잔바람에도 들썩이는 조각구름으로 멀리 허공을 물끄러미 비로 안식하려 둥지 틀 숲을 응시합니다 형태도 이상도 아닌 어설픈 걸음으로 철저히 자신을 오랏줄로 묶어 네모 난 세상 안을 동경하는 업보를 지고 산골짝 구렁 밤을 죄인으로 헤맵입니다

여린 귓문으로 속속 안겨드는 것들은 온통 굴절된 눈동자로 최면을 걸어 그처럼 사랑하던 고민마저 원망하려 합니다

작은 점 하나에도 미치지 못하는 인생 안개꽃을 찾아 가시밭길 걸어야 하는가! 등 뒤에선 환락이 매달리고 황금 옷을 걸친 형태가 발목을 잡고 휴식으로 돌아온 고향 하늘에서조차 마음과 몸을 서로 다르게 큰 다툼을 하고 있었다

사랑하는 것들은 언제나 먼 산 너머에 벌거벗은 웃음으로 알 듯 모를 듯 반짝입니다

강경에서

채운뜰 피눈물 보따리들이
눈과 귀가 멀쩡한 대낮에도 뱃길로 끌려 하고
뜻도 헤아리지 못하는 혁명대열 속에
이웃사촌을 매질하고 총질하고 새끼줄에 묶인 굴비처럼
하늘이 감춰진 죽음들이 강물로 흐느끼는

새우젓 황석어 생명태 비린내 얼룩으로 분 바르며
우여를 낚고 복어를 건지며 숨겨온 가슴앓이
자식들만을 생각해 허리띠를 졸라 보릿고개를 넘기며
이웃사촌을 실종하고 문명으로 무너져 내린
황산나루처럼 할아버지 유언조차 희미해지는

채운산 나무 같은 푸르름을 생애를 통틀어 소원하던
자식들은 손주들은 한일합방 후유증과 같은
그렇게 깊은 수렁일 줄이야
옥녀봉 정상에 새벽별 눈이 박힐 날만을
채운뜰 바람을 태워 노래한다
금강물 흘러 노래한다
팔괘정 똑바로 옛날을 찾으려는 곳에서

섣달그믐 밤

좋은 날 좋은 밤
형제 친척들도 어리둥절한
이산가족이 되어 눈물샘 짓는 이부자리
눈 감으면 감을수록 점점 커다란 영상
막무가내로 떼를 쓰고
무섭게 꾸지람하는 목소리들 귓속이 윙윙
지금쯤 벌거숭이 친구들은
송날로 둥그째로 서당산 청룡뿔로
마냥 옛날을 두르겠다

캄캄한 어둠 속으로
고향을 묻고 묻어도 뛰는 가슴은 여전히
방문을 열었다 닫았다
염치없는 감기녀석과 다투는 밤
내일 아침이면 차례상
빈 술잔이 한 자리를 남기겠지만
부모님께서는 정신질환 않는 불효
약손으로 쓸어 용서하실 것을
꿈속에서라도 훤히 열린 길
설날 아침이었으면

긴 머리 아가씨
-득실이에게

언제부턴지 홀로라는 생각 외로운 밤이면 내 발걸음은 어느 새 이곳에 와 머물고 처음 날 거울 앞에 선 긴 머리 아가씨 눈 웃음이 득실이와 똑같은 모습으로 내 가슴 속 깊이 머물러 닫 혔던 이성을 눈뜨게 하네

먼발치에서 바라보며 눈 속 깊이 빨려드는 모습을 어느 것 하나 놓칠 수 없이 옛 속삭임으로 달려들고 이름도 성격도 모 르는 아가씨에게 어떻게 다가갈까? 망설이다가 자정을 원망 하며 적적함만 듬뿍 짊어졌네

오늘은 무슨 이야기들로 아가씨 곁에 포근히 앉을까? 이토 록 노총각이 겁날 줄이야 생각해 본 적은 한 번도 없었는데 이 감정을 눈치채지 못한 듯 아가씨는 분주히 일에 열중하고 자 정은 눈치 없이 가까워지는데 이부자리만이 설렁 반겨줄게다

아버지

걱정이 깊어질수록 점점 밝은 빛살을 올올이 풀어 내리시는 가즈런한 이야기가 밤하늘 별들처럼 다소곳이 앉아 반짝입니다

배운 지식이 없어 능란한 처세는 캄캄한 밤으로 종속이니 착취니 어용이니 한결같이 민족혁명을 꿈꾸시던 투박하고 우직하시던 당신은 이름없는 혁명가이셨습니다

밤마실 사랑방 손님들께 나름대로 확신을 열거하시며 부끄러운 나라 근심을 꼿꼿이 토해 진정한 민족해방을 꿈꾸시던 당신은 민족교육자이셨습니다

'자본주의다 공산주의다' 사상싸움을 제대로 헤아리지는 못하셨지만 자긍이니 자존이니 자주니 티 없이 맑은 숨결을 간직하시며 민족 혁명만을 꿈꾸시던 당신은 시름 많은 사상가이셨습니다

텔레비전에서 거리에서 멋대로 쏟아지는 물건너 풍물들이 아이들을 어지럽힐 때마다 나약한 자신만을 채찍하시던 당신은 가련한 애국자이셨습니다

오늘 밤에도 눈감지 못한 문제들을 불편히 안으신 채 자손들 응석 같은 기쁨으로 아침을 기다리시는 당신은 꺼지지 않는 꿈을 간직하셨습니다

어머님 제사
- 음력 6월 6일

어머님을 뵙는 날인데 뒤집어쓴 칼은 여전히
아프도록 목을 조이고 둘러앉은 형제들
막내 녀석 꾸짖으며 열이 달아서 술잔을 가득 채워 올리겠지

어지러운 변명들은 개똥산에 깊이 묻어
입술 문 지 여러 해 이어져 내려오는 관습은
절대적인 왕이요 생활이요 물결인 것을

어머님 염려 마세요 지팡이를 내던진 날처럼
뛰어 뵈올 날 다시 찾아서 세상이 거꾸로 멸한다 해도
어머님 곁으로 돌아갈 것을 모든 비난들 소태로 삼키렵니다

지금쯤 어머님께서는 자식들 절을 나누어
막내 녀석 몫으로 남겨 감춰 놓은 변명들 감싸시고
형제들은 막내 녀석 이야기로 자신들 체통을 경계하여
어머님 배웅하시겠지

어머님을 뵙는 날인데 마중도 배웅도 뒤켠에서
모정만을 확인하는 우둔에 빠져
술잔을 비우고 또 비우고

화합

어머니 치마폭 같은 넉넉한 산줄기마다
응석 어린 미움들이 맞바람으로 흔들릴 때면
까마득히 멀어지는 꿈은 어색한 풍경을 만들어
아기 나무를 키우고 꽃씨를 날려
아예 등 돌린 싸움 단풍이 든다

골짝골짝 작은 물줄기 산골짝을 미끄러지며
시냇물로 강물로 한 발걸음씩 앞서
자신을 내던질 때면 눈 깜짝일 새 바다가 열려
뜻하지 않은 날 자연스럽게 꿈을 다듬고
미움은 물결 속에 묻혀 먼동을 치켜든다

더불어

좋은 자리는 남김없이 말뚝을 박아
그칠줄 모르는 줄다리기 자리싸움
명분을 잃을 때면 민주니 자유니
개혁이란 입을 빌려 앵무새 노래만을 재촉한다

올이 감겨 풀리지 않는 오랜 매듭
학자님들 높은 지식으로도 오르지 못하는 하늘
사람임이 부끄럽지 않으려면 예서 그만
똑같은 무당이 되어 한판 굿을 벌여보자

가도 가도 끝없는 어둠 예서 그만 삭이고 새알을 낳아
새끼를 치고 스스로 혁명 귀신을 부르자
영리한 듯 가장 어리석게 태양신 품을 벗어
자연스럽지 못한 몸짓으로 나뒹구는 죽음들

참 제단을 쌓고
참 문명을 짓는 모든 피 흘림
온 마을 두레놀이로 어둠과 다투며
죽음과 다투며 더불어 어우러진 무당이 되자

2부 섣달그믐 밤
그늘자리

인류 숙제

사상으로 찢긴 상처가 깊고 깊은데 국가와 민족과 종교로 발목 잡힌 인류만세 두건을 씌우고 호곡한다 지식이 멋을 부리면 폭력이 와르르 쏟아져 그 자리엔 온갖 죽음이 꽃으로 둘려 묻히고 힘이 자랄 때마다 성인들 말씀을 명분으로 칼춤을 추었다 칼춤을 춘다

동구 변혁을 고소해 하며 제 곪은 속은 아랑곳없이 술 취한 서구 조심하라 자본으로 미화하려는 오랜 중독 무서운 병을 먹을 권리조차 빼앗긴 가난한 민중들은 공동묘지 귀신이 되어 깊은 밤을 떠돌고 걸음마를 마친 로봇이 심성을 익히려는데 양심은 뒷걸음질로 로봇을 닮아가는 무기력한 인류만세

나무들은 빽빽이 겉 붉은 열매를 맺어 씨앗 배는 그늘 속에 아이들이 버려져 정보다는 눈이 풍요로운 교육으로 이웃과 어른을 잃어가며 치장을 한다 가도 가도 끝없는 가시밭길 혁명을 무등 태우려니 그 얼룩진 핏자국 늘 피 흘린 민중들 몫

어허 어해 어허 어해야 담합할 수 없는 깊은 시름 꿈쩍하지 않는 바위벽에 둥그렇게 혁명을 노래한다 물꼬 막힌 예를 영원한 숙제로 남길 것이냐 두건을 씌우고 호곡하는 인류만세

가을 산에서

가을 산은 만삭으로 순산하려는데
토라진 사랑은 불편히 야위어
의심만 부풀리고 씨앗 배지 못하는
산골짝 구석진 곳에서 부끄럽게 서성이다가
칡과 산도라지가 살찐 흙냄새 곁에
철푸덕이 주저 앉는다

가을 산은 수확으로 분주한데
봄과 여름을 읽은 듯 헐떡이는 햇발
언덕배기에 걸려 죽음로 자리 펴는
새 움터를 물끄러미 바라보다가
밤송이 터지는 산자락에
목 붉게 엎드리인다

한가한 날들

올 한 해 동안 놀다 지친 내 연장들이
반란을 일으키려 한다

물꼬 막힌 일터를 생각지 않고
비좁게 틀어박힌 제 처지만을 앞세운다
개혁 바람 신경제 까무러칠 듯 좋으나
큰바람에 떠밀리는 건 늘 땀흘리는 노동들
그 자리에 오르면 자기 색깔만을 멋 부리려
버팀목은 안중에도 없이 새우등 터지는 자리다툼
이제는 나조차 내 연장들 하소연을
더 이상 물리칠 수 없어 동지가 되었다
높은 의자 연연해 담합하는 거래
숨통 끊으려고 귓문을 열어 놓았다
대대손손 자랑스럽게 꽃지짐질 인류만세!
안팎이 온통 몸살이라
나와 내 연장들 땀 냄새 물결치는
고향이 그리워 안달이 났다

어디든 비슷한 곳이면
땀을 적시려고 벼르는 눈빛 불붙었다

개똥철학

벗이 그리운 밤이다 술병 옆에 앉혀 불그레히 토해 놓는 둘만의 개똥철학! 점점 무르익는 감정을 그냥 삭일 수 없어 들마당 진재 용부들 말랭이 쑥밭티 구렁목으로 질질 끌고 다니던 걱정 힘이 되지 못하는 자신을 늘 죄스러워 고개를 떨군

벗이 그리운 밤이다 한복을 즐겨 입던 미끈둥한 아낙네들 땀이 밴 속살과 꼿꼿이 솟은 젖가슴을 한없이 그리워하며 백두에서 한라까지를 목청껏 부르짖던 벗은 가난에 볼모 되지 않으려 지금쯤 어느 하늘 아래서 노동을 즐겨 익힐까?

벗이 그리운 밤이다 만나면 열이 달아 함께 다투던 개똥철학! 과정만 엇갈린 뿐 똑바로 뚫린 길인 걸 땀방울 뚜욱 뚝 노동에 젖은 부를 사양치 않으리라던 벗은 얼만큼 많은 땀을 흘릴까? 그토록 취하려던 세상이 오라 하며 손짓을 보내는데

벗이 그리운 밤이다 동동주 막걸리 소주 가리지 않는 술버릇처럼 주정뱅이라 놀려도 좋으리 어느 곳이든 듬뿍 취하여 부릅뜬 하늘 눈 쫓아 맘껏 입술 포개는 벗이여 얼큰히 오른 술 혼자선 아까운 시간인데 한 판 붙고 싶은 개똥철학!

벗이 그리운 밤이다

들꽃 바람

옛날을 간절하는 들꽃 바람
하늘과 땅을 찌를 듯 넉넉한데
온실 속에 둘러앉힌 듯
네모난 투정들 막무가내로
널문리 한복판에 눈물샘만 짓습니다

무엇을 탓한들 남부끄러운 넋두리
예서 그만 들꽃 바람 마침표 찍어
어리둥절 속에 어리둥절한 아이들 풀면
그 옛날 노동 들녘에 흙 가슴으로 널린
두레와 품앗이를 자연스럽게 즐길 겁니다

지구촌 오늘

　보스니아와 남아프리카에서는 신과 피부 색깔로 민중들 목
숨이 파리목숨이요 아프가니스탄은 민중들 목숨을 힘겨루기
에 멕시코 농부들은 봉기를 베네수엘라 죄수들은 탈옥을 팔레
스타인과 이스라엘이 어렵게 푸는 평화공존은 똬리 틀려 조선
과 미국은 핵이란 강자식 협상으로 인류는 캄캄한 밤을 지킨
다 문명 밝은 날 문명 밖 죽음들이 통곡하는 기아 모순투성이
들 인류만세를 올가미질 한다

　자본이란 낮도깨비 그 큰 입으로 무어든 삼키는 재주 눈을
뜨라 무너지는 공산주의 덤으로 묻히는 진주들 자본에 무등
태워진 거짓 역사를 입 다문 학자여 철인이여 시인이여 교황
청 교황께선 유엔과 국제기구는 편견은 없으신지요 서로 엇갈
리는 것들이 조화하지 못하는 한 신은 인류를 외면할 것을 몇
천 년 인류를 지켜온 다양한 죽음들을 한데로 모을 때 거뜬한
문제들조차 어렵게 끌고 가는 지구촌 오늘

치레옷

도둑들과 맞서다 책가방을 놓은
진짜 싸움꾼으로 거짓 없는 벗들이
지레짐작으로 치레옷을 입혀
바보를 바보로 부담스러운 맵시
진짜 바보가 되어 벗들을 속인
옷차림새에 스스로 놀라는

많은 날들을 정으로 기대면서
매듭은 풀지 못하고 몇 발짝 물러서
거짓놀이 즐기는 까마득한 낭떠러지!
거짓과 거짓이 거짓으로 거짓을 두른
답답함에서 달아나 숨어 쉬고픈
진짜 땀과 진짜 글로써
한껏 정 속에 머물래

암자를 떠나며

오만가지 생각들을 도시 가장자리에
공사장 모퉁이에 간신히 뿌리치고 올라온 산속에서
마음을 다듬이질하려는데 묻힌 줄 알았던 생각들은
먼저 올라와 자리를 잡고 큰 벌을 가한다

어이 하나 부푸는 생각들
부처님께 산신령님께 온전히 엎드려
뉘우치려 해도 믿음 문은 꼭꼭 닫혀
안타까움 뿐 무언가 이루어질까

시간에만 매달린 채 기다릴 수 없는 가난
산속에 묻히면 감 떨어지듯 한낱 개꿈이어라
이대로 굴복하기는 싫어 처음으로 다시 돌아가
한판 싸움을 벌이려 한다

하수도

뚜껑을 열어 사다리를 내리면
한 치 앞도 분간할 수 없이 욕망 투성인 듯한 어둠
손에 들린 전지가 눈이요 길이다
반듯한 건물들 감춰진 속 모습인 양
악취를 풍기는 물살이 똥물처럼 흐른다
눈 밝음에 미친 꼬리 달린 사람들 눈 밝음으로
하수도는 합병증 환자! 어디서부터 치료를 시작할까
망설여지는 시간들 예가 일산 신도시 지하 한복판이요

하수도 은밀한 내막과 꼬리 달린 사람들 허상을
상세히 꿰 읽는 서생원이 달아나며 멈짓멈짓

큰 충고를 안기려는 듯 부끄러운 마음뿐이다
작은 관들이 멋대로 묻혀져 상처투성이 골절마다
그물을 친 철근이 겉치레 두툼히 물길을 막고 제식 훈련
차려자세로 털리지 않는 것 끊기지 않은 것들이
어수선히 천장과 벽과 바닥에 남아 숨통을 조이는
머리 위에서는 이런 사정을 아는지 모르는지
앞만 바라보며 사람들이 지나간다
경적을 울리며 차들이 지나간다

독도

동해 멀찍이 온갖 풍상 부딪히며
반듯하게 둘러앉은 사랑 미끈둥한 귀염둥이!
마음은 늘 서쪽 하늘을 향해
가슴앓이로 울분을 삼키며 여우란 놈은 여전히
멀쩡한 날에 엉터리 소릴 지껄이는
그러면 그럴수록 불붙는 꽃지짐질 사랑!

깜박했던 철부지들 너를 보며 부끄러워
불현듯 돌아올게다
물기둥 시끌벅적 캄캄한 밤이면
반짝이는 눈동자로 어둠을 쪼으며 바닷길 열고
혈육들과 손님들 마중하고 배웅하며
동해 훤히 사랑이겠구나

떠돌이

저 홀로 올가미를 씌워 돈키호테 흉내처럼
앞만 보며 걸어온 길 지극한 사랑이요
꿈이요 휴식으로 언젠가 안식하기를 하루살이 떠돌이 길
시작과 끝이 맞닿은 죽음과 삶을
다 헤아리지 못하고 예서 그만 멈출까
욕심이 아우성인 골짜기와 쾌락을
곁눈질하는 모퉁에서 잠깐 머뭇거리다가
예까지 짊어온 평생살이 보따리를
내려놓을 수 없어 가던 길 그냥 갑니다
먼 훗날 그때에 큰 바보 큰 아이 하나 덩그러니
더부룩한 하얀 수염 숲속 우물이기를

조화구도

네가 없으면 내가 없듯이 자연스런 조화구도로
흙 한 줌 풀 한 포기 이끼 돌 바람…
소중스럽게 부둥켜 안은 믿음들 작은 곁눈질조차
온몸으로 뿌리치고 생과 죽음을 어깨동무해
한 줄기 숨결로 흐르자

죄와 벌이 커다랗게 하늘 방석처럼 반짝이지만
흙 한 줌 풀 한 포기 이끼 돌 바람…
구슬땀 촉촉이 신선 노동으로 문명 나무를 가꾸며
자연스레 그려 놓는 삶 인류만세 가장 가깝게
속살이 불그스레할게다

똥물

똥물 퍼 올리는 작업에 깊이 빠지는 날부터
살쾡이 습성은 이내 뿌리를 뻗치고
포근한 이야기와 둥그런 몸짓들은 애써 외면한 채
똥 냄새 치장으로 메밀산 꿀벌들 노동과
들마당 햇볕바람 춤들을 손쉽게 지워가며
똥구덩이에 멱을 감는 날
새롭게 씨앗을 앉혀 꽃지짐질 널을 뛰리란
구린내 얼룩진 다짐이 죽음 덫을 놓는다
몸에 밴 냄새는 모르는 척
용호출 각시샘 거울에는 건너편 똥덩이만 비추어
까불리는 장난이 무서운 한낮
똥구덩이에 갇혀 과정을 잃는 머리 큰 녀석들이
눈만 밝은 말씀으로 목청을 돋운다

소중한 자리들

산골짜기 물살이 강물 되어 흐르고
흰 구름 흩어질 듯 먼 산을 넘고요
길섶에 작은 들풀조차 앉은 채로 활짝 피어
자연과 더불어 자연을 사는 삶
어느 것 하나 빠트릴 수 없는
소중한 자리들을 가슴에 담습니다
말없이 빛살 퍼내는 별과 같은 마음으로

경고

가슴을 맞대면 쉬운 일인데
스스로 죽음 자리를 매고 스스로 죽음 자리를 기웃대며
'체첸, 티벳, 중동, 아프리카…'
스스로에게 죽음을 겨냥하였네

양쯔강 제방이 무너져 마을과 사람을 삼킨다
사막이 사막을 낳고 아메리카에는 살인 더위가 뒹굴고
하늘에 구멍을 뚫어 죗값을 치루는 시간들
화석으로만 남은 공룡시대를 가슴과 귀는 닫으셨습니까

먼저 가슴으로 살고 먼저 가슴으로 만나고
먼저 가슴끼리 모이면
스스로 사람이 스스로 사람으로
스스로 사람이라 외칠 것입니다

무더위

지친 더위마저 지쳐 버리는
지친 무더위 지친 버드나무 위에서
쓰름매미가 우는 울음은
"어서 가라 어서 가거라 지치는 더위야"

그 그늘 밑에 술자리까지
지쳐 익는 한낮 철부지 아이들은
지친 무더위 속에서도
놀이를 만들어 논다

홀로 이산가족이 되어

장자골을 감싼 삼태기산 산자락에 부모님께서 불편히 누워 계신 것은 끝동이 문안인사를 기다리는 걱정이라 끝끝내 발걸음을 옮기지도 못하고 눈어림 휠휠 불효 성묘길이다 낮 새 밤 새 고운 목청들 내 몫으로 부모님 지키겠고 구수한 고향 전설이 부모님과 어깨동무를 해 해와 달과 별을 헤아릴게다

논과 밭에선 곡식과 채소와 과일나무들이 손자 손녀들 맞이할 기쁨으로 푸짐한 가을걷이를 준비할 테고 작은 서당 대식씨와 증산아저씨께서 사랑방 밤마실 손님으로 왕래하며 이승 적 이야기들을 새끼줄 꼬듯 밤이 깊어가는 곳 스스로 묶인 올가미를 풀 수 없는지 펄펄 뛰어 뵙는 날을 당산재 팽나무에 매달아 놓습니다 청룡뿔 솔밭에 얹혀 놓습니다 부모님께 올린 약속 어루만지네

홀로 이산가족이 된 떠돌이 아무도 모르게 쏟는 눈물이야! 눈만 밝은 녀석들과 머리 커다란 가분수와 끝이 없는 싸움들 그러나 염려하지 마세요 도둑들 떼거리 속 당당히 비굴하지 않는 몸짓들을 말랭이 등마루에 펼치는 날까지 제 발걸음을 찧겠습니다 고향에서는 첫 번째 바보요 죄인으로 머무르겠지만 안말 샛터 진재 메밀산 둥그째 방아다리 샘배미 방앗골 넉넉한 품속에 안기고 싶은 마음이야 저만큼 차령산맥을 달리는 숨결입니다

바깥바람

앞마당과 뒤뜰을 기웃대는 바깥바람이
시끌벅적하지만 저들아 남새밭에 깔린
소담한 인정과 이들아와 맞닿은 담장에
틈새 없는 믿음이 꾸지람을 꼿꼿이
낯설게 길들여지는 아이 하나를 구하고
사납게 깝죽이는 밤일수록
꿈쩍없는 황소고집이 지붕 꼭대기를 오른다
앞마당과 뒤뜰을 기웃대는 바람
두레로 막을까요 비럭질로 닦을까요

3부
그늘자리

음과 양의 조화구도

땅과 하늘이 열려 밤이 있고 낮이 있는 곳에서
여자는 남자 품에 남자는 여자를 안고서
가장 자연스러운 풍경으로 사람을 그릴랍니다
죽음과 생이 어색지 않게
벌주머니와 상주머니가 어깨동무해
어제 오늘 그리고 내일을 자연스럽게 병풍 두른
가슴 뜨거운 노래들을 듣고
신이 사람이며 사람이 신인 보통 속에서
아이가 어른이요 어른이 아이인 큰 뜻을 헤아리지요

모름이 곧 앎이고 불행이 행복으로
가난이 부자 되는 이중성을 넉넉히 읽으며
광년 거리를 달릴 새천년엔 음과 양 조화구도로 귀 밝히며
복제를 꿈꾸는 갈래 안에서 가슴 달린 과학을 지킬랩니다
△와 ㅁ가 ㅇ 속에 박히고 ㅇ가 △와 ㅁ를 낳는
진실이 거짓이요 거짓이 진실인 철학과 삶을 다투며
소수점까지 어우르는 무한정 무리수인
사람놀이를 가꿀 것입니다

아프리카

아이야 아느냐? 내 사악한 모습이
고스란히 남아 불안한 아프리카를
킬리만자로 신께서도 상심 어린 푸념으로
고개를 내저으시는 피비린내 얼룩

아이야, 느끼겠느냐? 스스로 망가지는 모습
스스로 빨래질하고픈 소나기 눈물방울
가련다 아이야, 사하라 사막을 덮은
모래바람 통곡 속으로

그 옛날처럼 부드러운 율동이
산맥을 두르고 강물이 넘치도록
아이야, 끝끝내 보아라 내 순수와
진정한 모습이 둥그렇게 자라는

온전한 자태 아프리카를!

특별한 목숨

모든 생명체 중에 저만이 특별한 목숨처럼
편견에 갇혀 산 어리석음 무덤을 향하는 길목마다
영생하고픈 욕심들이 모여 많은 신을 탄생시켜 놓아
우주 법칙을 초월하려는 듯 으뜸 족속인 양 착각 속에서
죽음을 치장해 숭배하는 곳 생명이 다하면 끝인데
마지막이란 두려움 앞에 부지런히 하늘나라를 만들었고
본능을 다스리는 채찍으로 최후 꾸지람인 듯
하소연이 슬며시 지옥문을 열었다
그 빼어난 목숨들 어느 동물과 차별화할까요
스스로를 뽐내는 문명으로 스스로를 감당 못 하면
수치스러운 목숨뿐 어떤 수혈로 존귀함 빛낼까?

사람임을

사백만 년 전까지 밀림 속에 갇혀 산 침팬지 무리
아프리카를 동서로 가른 지각변동 큰 폭발로
혈통은 둘로 나뉘고 배고픔이 잦은 초원 운명에
굴복하지 않으려는 한 무리가 먹이를 찾아
직립을 실험하면서 새로운 역사를 열었다
작은 골격이 자라며 머릿속엔 지혜를 담아
맹수에게 잡아먹히는 무서움 점점 거꾸로 동물 왕이 되었고
온 지구를 영역 삼아 발자국을 남기는 곳마다
돌을 다듬고 말을 뱉어 글자를 적던 날부터
사람임을 의식하였다

종교와 철학을 두르고 문명 우산을 쓴 왕국들
청동기와 철기를 거쳐 지나친 욕망과 까다로운 명분이
과학을 끌며 전쟁을 낳아 산업혁명이 춤췄지
달에 처음 발을 내디뎌 우주와 교통하려는 순간
사람임이 부끄럽지 않으려는 뭉클한 함성이 울렸고
사람임을 갈라놓으려는 온갖 갈래들을 꾸짖으며
놀라운 역사 새천년을 맞는다
몇천 년 쯤 흐른 먼 훗날 오늘을 그린 작업들이
자랑스런 흔적으로 영원하기를

멋쩍은 속삭임

뭉클한 옛이야기 멋쩍은 속삭임인 듯
잠깐 숨을 멈추어 숨결 고르고
하얀 눈발로 앉힐 뜨거운 선물이 있어
찬바람 끄떡없이 길 재촉입니다

왁자지껄한 소리 방앗골을 돌아
쑥밭티에서 잠잠 가깝게 다가오는
동이 트기 전 홀가분히 앉히려고
뒷동산 소나무들은 밤새껏 부산합니다

아침을 열며

새벽이랄까 아침이랄까 어정쩡한 시간쯤에
핏줄을 흐르는 벌거숭이 물살들

안개비 촉촉 도시를 빨래질하며
아침을 여는 무당으로 작은 굿판 펼친다

청소부 차가 지나고 수산물값을 놓는 소리
인력시장에 깔린 사람 내음 큰 핏줄로 흘러 퍼진다

가난에 볼모 잡히지 않으려고 신선노동 가꾸는 땀방울
동그라미 동그랗게 그려 네모 틀을 거푸집에 가둔다

문맹인

장작불 더위를 머리에 인 채
망치질 톱질을 아끼지 않아
추운 날 따뜻한 구들장과
끼니 걱정없는 부자가 되었지요

일자릴 놓친 한가로움을
끄떡없이 버티던 황소고집들!
틈새를 기웃대며 술과 가까이
다방 넓두리에 빠져 놀던 날

자가용은 멀고 먼 저만큼에
만능기계(컴퓨터) 녀석은 칼칼 대며
제멋대로 맘껏 짐작을 해
문맹인이라 아프도록 놀리는 설움!

아직은 문명인을 공손히 사양하고
그 불편 그 놀림들 곱절로
줄자질은 정확히 반생을 끊어
많은 나비를 접어놓을래

섣달그믐에

몇 날 며칠 밤을 손꼽아
잠 설치던 어릴 적 설날이
앞산 산자락에 매달려 눈이 감겨요

가고 오며 육십 리 길 논산 장날
장 보따리 머리에 인 어머-이 마중보다는
때때옷과 꼬까신 반기려 군계 둑을 달렸네

작은 형은 손님 맞을 장작 패고
누나는 떡쌀 담근 섣달그믐에
마래디 아주머니 단술 빚네요

눈발마저 기쁨을 가누지 못해
들녘에 펑펑 드러눕는 한나절
아버지는 창호지에 풀칠하신다

중심고리

큰 도둑들에게 도둑 맞는 선장자리는
예사로운 일처럼 한낮에도 이루어지지만
결코 목적지를 맘껏 바꿀 수는 없었다
금세라도 넘어질 듯 불안한 항해를
그나마 버티는 것은 선원들 땀방울입니다

목적지는 훤히 빛나는데
멀쩡한 날 빼앗기는 선장자리는
큰 도둑들 몫으로 풀리지 않는 수수께끼가 되어
허락 된 도둑질이 우러러 보이옵는 안타까움들
그대로 따르오리까

필요악이란 사슬마저 말끔히 끊어버릴
둥근 혁명을 가꿉시다
역사를 끌고 밀고 역사를 다듬고 세우고
중심고리인 선원들이여

늦은 홀로서기

마흔을 넘기도록 캄캄한 어둠 속에서
학문을 덮은 변명을 부풀리며
감나무 밑 요행만으로 기다린 걸까?

목적도 없이 물 탄 술이요 술탄 물처럼
거짓 둘러 거짓으로 거짓 퍼내며
부모 형제들 가슴에 큰 못을 박아
이산가족되어 홀로 산 죄스러움!

성인께서는 불혹이라 하셨는데
쉰이 가까워지며 홀로서기에 바쁜 걸음
세상 틈새를 기웃대며 길 재촉이는
사람들과 이웃들 사이에서 깨우치는 날

활짝 열린 문 가슴을 펴고
흙 속에 묻히는 날 아쉬움 덜하도록
가랑비라도 적셔야 하지 않을까?

봄 · 1
-2001년 2월 28일

머지않아 풀려 내릴 까막길 골짝에 물소리들
가만히 귀 기울여 느끼세요

의심만 가라앉히면
봄기운 품속으로 안기겠지요

높다랗게 버티던 두 개 의자가
봄 길목에서 가슴을 맞댔습니다

잃었던 가족을 찾아 봇물 터진 눈물비
들녘을 촉촉이 적셔줍니다

개골산 관광 뱃길이 열려 끊겨진 철길을 이으면
떠들썩한 봄나들이 붐빌 테요

어디를 보아도 장가가고 시집가는 햇볕바람
봄이 확연한 기색입니다

꽃샘추위

게으른 늦잠에서 갓 깨어나 떼를 쓰는
어리광 울음처럼 봄비인 듯 비는 내리고
마지막 겨울비인 듯 비가 내리는데
준비 덜 된 사랑이 어설프게 맞는
첫날밤과 같이 한참을 내리던 비
별안간 진눈깨비로 눈인 듯 비인 듯
진눈깨비가 내리는데
벼르고 별러 흙을 허물던 새싹들이
갑작스런 날씨에 꽁꽁 숨어 버리는 날
멀찍이 달아나던 동장군님 마을에 내려와
닫히지 않는 보따리를 그대로 풀고 있었다

뉘우침

소나기술 가까이 잘못된 버릇
뜻대로 마음대로 끊지 못하고
어른 없이 자리 펴 술을 부으며
질질 끌려오는 날 어이없는 날

위장병 커다랗게 기르고 키워
끼니를 거르면서 사양치 않는
뒤늦게 술을 멀리 끼니를 잇고
병원에 약국에 약봉지 든다

꾸준한 양약 치료 거북스런 속
느릅나무 찾아서 칡을 찾아서
민간요법 매달려 삶고 삶은 물
정성으로 거르는 검붉은 색깔

끄떡없이 버티며 마시고 마셔
결단코 쓸어 없앨 쓰라린 아픔
어머니 이 뉘우침 느끼시나요
건강하게 다가설 숨결입니다

채운산 산길에서

긴 겨울 동안 이 산길을 가끔씩 걷는 것은
도시바람에 휩쓸려 엉뚱히 놀아나는
자신을 돌아보려고 추운 날씨에도
서로 버티며 부등켜 안은 저 푸르른 운동들
그 깨끗함으로 귓문을 열어 가슴을 닫는다
어떤 때는 커다란 도시바람에
흔들리는 가난이지만 결코 굴복하지 않으려고
오늘도 나는 예전 그대로 이 산길을 걷는다

봄 · 2

봄이라 봄바람을 마중 못 하고
봄비마저 의심해 피하여 숨어
흙무덤을 허무는 애기풀꽃들
햇살도 무서워서 진땀 흘린다

혹시나 좋은 세상 좋게 엿볼까
살인바람 죽음비 두려운 날에
온갖 검붉은 덤불 파랗게 덮어
옛날이 꿈틀대는 고향 그린다

아는가 모르는가 눈 감긴 지혜
자연이 상 찌푸린 위험한 문명
골짜기 시냇물이 잔뜩 흐려져
물고기 떼로 죽는 물살 흐름을

꿈꾸는 아지랑이 훨훨 날아서
산과 들 아지랑이 휘파람 불며
반갑게 맞는 인사 부둥켜 안고
꽃지짐질 널을 뛰는 봄을 나르세

동그라미

귀 밝은 동그라미
둥글게 그림 그린
울타리 안 동그라미

눈에 속속 안기는
귀 닫힌 그림들이
울타리 안 기웃대며

둥근 동그라미에
구름 띠를 둘러
어색한 동그라미

울타리 밖 동그라밀까
울타리 안 동그라밀까
알쏭달쏭 동그라미

둥글게 둥근 동그라미
그림 그린 그린 그림
죽어 살 동그라미

성묘길

서당산줄기 끝자락 저 만큼에
끝동이 쉬어갈 자리를 덩그러니
넉넉하게 비워 놓은 부모님 봉분이
"반듯하고 편안한 휴식으로 오너라"

스스로가 절대로 용서되지 않아
가벼운 걸음으로 다가가질 못하고
먼발치에서 자꾸 망설입니다

가장 가깝게 느껴지는 곳에서
잠깐 차창을 열어 바라보지만
제 걱정을 못 이겨 쏟는 소낙비!

해는 빠르게 바뀌어 가는데
불혹의 나이를 감당치 못하는
죄스러움에 주위를 빙빙 돌며
차례 날 절을 대신하려는 못난이

이사하는 날

　인정 많으신 현수 어머니 팔순이 가까운 나이 탓에 눈은 초저녁쯤 되셨고 집 안 청소는 먼 불구경처럼 그 꼴이야 오죽하겠습니까 나 홀로 덜렁 짐을 풀어 아무렇지 않게 살으리라 하루살이를 멈추려 머문 산양리 오만 원 월세방에 삼 년 반 동안 정을 쏟았는데

　집 둘레에 두르고 두른 묘한 냄새와 파리떼 극성 잠을 설치게 하는 쥐이 녀석들 포식과 볼일 볼 곳이 마땅치 않아 정든 월세 방을 떠나려고 칠백만 원 전세방으로 급히 짐을 옮기는 날 가난에서 해방된 것처럼 부유한 하룻밤을 맞으려 어색한 이부자리를 펴네

　떠나올 땐 담담하시던 정이든 현수 어머님 밤에 안부전화를 하니 울음 섞인 목소리라 내 마음까지 눈물 흘린다

　"술 적게 드시고 끼니는 거르지 마세요"

　"이젠 색시 얻어야지"

　"현수 고생할까봐 차갑게 주무시지 마세요"

　"반찬은 부실하지 않은가?"

핵

가슴 아픔 내 반쪽과 알카포네가
우스꽝스런 협상을 벌인다
인류질서를 떠벌이며 인류질서를 까뭉리는
알카포네식 놀음잔치
아라비아 사막에서는 알카포네 총구가
다시 불을 뿜으려는 듯 방아쇠를 당기려 한다

요령껏 휩쓸리려니 자존이 허락지 않고
스스로를 포기치 않으려니 온통 벌집이 될 것 같아
어쩔줄 몰라하는 날 참 해방이 간절하여
열린 뱃길만큼 끊겨진 철길을 이어 육로를 트는데
막무가내로 억지를 쓰며 으름장을 놓는
알카포네가 발목을 잡는다

진작부터 병을 건네곤 치료해 준 척
역사를 기만하는 교육이 한낮에도 날뛰는 거드름
아이야 어처구니없는 수모들
목욕물로 가득 채워 멱을 감고
동그라니 성큼 자라서 알카포네 악령들
모조리 소멸해 버리자꾸나

젊음
- 동학사를 지나며

하얀 망토를 두른 젊은 눈웃음이
지나는 나그네를 끌어들인다
멋을 한껏 부추기는 차령산맥 산자락
금세라도 이성(異性)을 품으려는 듯
가쁜 숨결이 가슴으로 와 눕네

무겁게 머리에 인 소나기구름을 뿌리치고
멋쩍어하는 푸르름에 누구 엿볼까
조심스럽게 조심조심 목줄기를 흘러
젖가슴에 기대어 허벅지를 더듬는
젊음이여, 지금 이대로 텅 빈 마음으로 박혀라

궂은 날씨

육칠월 장마전선이 물러난 듯하였더니
쌍 뿔난 팔월 도깨비 궂은 빗줄기가 멈추지 않고
몇 날 며칠을 들쑥날쑥 쓰름맴 악기를 감추었구나

제 맘대로 빚는 날씨 막을 장사 뉘랴만
벼이삭이 패어 굽는 구월쯤이면 또다시 맞을
큰바람 속 빗줄기 쏟아부어라 쏟아부어

풀이 죽어 지칠 때까지
작은 땅 부치는 이웃과 날품팔이 벗들은
어차피 고생을 버티며 산다

개미 이사하는 날

장마비에 집이 헐렸느냐
끼니가 어려워 먹이를 찾으려는 것이냐
장례 행렬일까 임금님 행차일까

며칠째 개미 떼들이 안방 문틈을 타고
신발장 밑에서 앞마당을 쓸며
낮과 밤을 잊은 채 부산한 노동입니다

여름 유원지

대둔산 자락에 꿈쩍치 않는
온갖 생물들을 정성스레 목욕시킨
신선물이 곧장 흘러내리는 골짜기 여름이면
휴식으로 몰려드는 인파
빈자리를 꽉 메운다

전라도 운주에서 충청도 양촌으로
기다랗게 띠를 두른 사람 내음
가을 겨울과 봄까지 넉넉히 건너려고
듬뿍 취하려 하네

아이들은 오리 흉내를 내며
물놀이를 즐기는데
놀음 화투와 독술과 싸움질로
밝은 눈을 가리는 추태
조그만 사건에 불과하지 않는다

뱅 둘러앉은 가족과 벗과 이웃들
놀이 화투와 약술과 이야기꽃으로
더위를 물리치는 좋은 그림잔치!

대둔산 자락에 숨어 피인
더덕 마 산삼을 조심스레 목욕시킨
신선물이 바삐 돌아내리는
좁은 골짜기

첫사랑

스물일곱 해가 지났건만 잊으려 하면 할수록
불붙는 메아리 개똥산을 뒹굴고
젊음을 잃어 산 죽음 나이 들며 안쓰럽구나

괜스레 가까이 있는 듯 가슴은 쿵딱 쿵 쿵
손바닥엔 땀이 배어 어쩔줄 몰라하던 바보시간들
물보라 물거품만 날리며 여태껏 홀로 야단입니까

다음 생에는 바닷가 모래밭 사랑을 그리지 않을 테요
오랫동안 홀로 속끓이던 아쉬움 예서 그만 안녕!
안녕…, 안녕히

혹시나

조그만 정이나마 어루만질 수 있을까
술기운을 빌려 찾아 왔건만
수요와 공급이란 틀을 무겁게 짊어진 이성끼리
성스럽지 못한 작업을 벌이는 곳

혹시나 오늘만은 움츠린 정끼리
아낌없이 어울릴까 꿈을 꾸지만
철저한 한계 어쩔 수 없이
쾌락을 위한 노동 기계처럼 움직인다

계약시간이 끝나면 허망함만 부풀려
후회하는 시간들 안된다 안된다
다짐을 하면서도 끊지 못하는 중독
또다시 사내란 위안으로 쓸어 덮으려 한다

꼬임

싫다 싫어 정말로 싫다
부둥켜 안아도 벅찬 하루살이 날품팔이인데
기술이 부족하다고 나이 드신 분이라 힘 딸리는 뒷일꾼까지
나더러 목을 자르라고 꼬드기는 부끄러운 말

그것도 우스꽝스러운데 끼리끼리 편을 가르고
서울치 흉내를 내려는 참 어이없는 날에
하찮은 말을 듣는 내가 너무 불쌍해 하찮은 말을 꺼낸
네가 너무 불쌍해 아예 귓문을 닫았네

싫다 싫어 정말로 싫다
까불리며 도리깨질 우리가 죽을 놀음인데
모자라면 보태도 숨이 찰 지경인데
벗들이여 가슴 맞대고 따뜻한 정으로 다시 뭉치세

산에 오르면

산에 오르면 산을 오르면 스스로 산인 듯
그 푸르름에 푹 빠지고 꿈쩍치 않는
바위들조차 반짝이는 조화로 발을 뻗쳐
덩그러니 누운 무덤들은 편안한 휴식으로
노래를 부르는 산줄기 산자락마다
동그라미가 널려 죽음과 생이 자연스레
동무를 하고 산맥을 따라 산맥을 따라
부활이 실려 커다란 몸짓을 그리는데
여태껏 산을 모르는 가엾은 나그네여
곧장 산을 오르라 산에 오르면 산에 오르면
스스로 산인 듯 그 푸르름에 푹 빠지리

사람임을

팔레스타인을 틀 속에 가두어 총질하는 광란 그 기운 넘쳐 핵을 굽느데 모른 척 시치미를 떼고 포탄을 건네주더니 평화란 무늬 곱게 포장을 씌운 무기들이 유크라테스강과 티그리스강을 초토화시킵니다 정당화하시렵니까? 노벨평화상이 섭섭하면 새롭게 훈장을 달아줄게요 위대한 아메리카여!

사람임이 무섭습니다 사람임이 부끄럽습니다 사람임이 안타깝습니다 나라와 교황청 종교인과 석학들은 체면치레로 입술을 떨더니 이내 꿀 먹은 벙어리 되어 눈치를 살피느라 끙끙대는 꼴이란 동물법칙은 변함없이 사나워지는데 배고픔과 못배움 작은 병을 키우며 총알받이로 노동을 빼앗기고 환경이 깨어진다

많고 많은 문제들 사람이 다가오기만을 손꼽는 간절함이여! 나 나 나란 나 나 나만이 집요한 의식들은 우리를 망카트려 사람이 줄어드는 숨 막히는 계절을 손쉽게 맞습니다 힘센 놈이 한 대 때리면 그냥 그렇게 아픔을 삭이고 힘센 놈이 주먹을 쥐고 가위라 하면 수긍하는 법칙 있어 법칙 없는 위험 수위를 건너는 일상이지만 없는 듯 들리지 않는 듯 가장자리인 듯 중심을 버틴 물살들 있어 결코 사람임을 부정하지 않으렵니다

밭

석비레 묵정 모래 자갈밭마저도
안달이 나서 평생살이를 유혹하는데

씨앗 배지 못하는 밭이랑만을
당신은 여태껏 기웃댔습니까

들녘을 달려 오르막 산자락에
다락밭들은 꼬옥 눈 감았는지요

이쯤 저쯤 망설이는 여기 만큼에
흙을 갈아엎어 밭이랑 놓으면

조금씩 눈을 뜨며 씨앗을 앉혀
새싹이 돋는 평생살이 아늑할 텐데

벌초

산과 들녘을 가득 메운 온갖 곡식과 과일나무들이
화사한 옷으로 갈아입힐 때 한 번쯤은 삭발을 한다
농경사회가 바삐 변하면서 발길은 점점 끊기고
이제는 애물단지로 바뀌어 가까운 이들을 고민에 빠트렸네
그렇다고 오랜 맥박을 함부로 할 수 없는 몫을 안고 누웠다

큰 바가지를 쓴 형상 불태워 없앨망정
조상신을 섬기는 자리는 그대로 남겨 두어라
바깥 저쪽에서는 감히 흉내 낼 수 없이
부러워서 다가오고픈 진짜 멋일세
서울과 대전에서 오고 당진 대부 연산조카
낯선 얼굴들 낯설지 않게 머리를 깎는다

가슴에 묻어두었던 불씨
얼큰한 술기운을 빌어 산불을 지피네
핏줄이란 용서 자연스레
모두가 떠난 뒤로 지병은 깊어지겠다
불편한 자리 개혁해야 함을 어찌 모르랴

착한 마음

착한 마음이란 욕심을 적당히 베푸는
놀이를 즐기며 가장자리와 좋게 동무해
허세에 꺾이지 않는 황소고집입니다

일상을 보라 착함이 인질로 잡혀
가난과 못 배움이 들러리로 바보 취급받으며
무시당하는 압박들 화가 난 착한 마음
그치들을 닮으려 한다

부정축재는 힘이 닿지 않아 도박과 사기와
강도질 넌지시 쾌락을 넘본다
이런 혼란 속에서도 휩쓸리지 않으며
한결같아야 할 것을

착한 마음이란 나약한 것이 아니요
게으른 것이 아니다
착한 마음이란 늘 앞서가며
목숨조차 내던지려는 용기가 있어야 합니다

대단한 추위

산자락을 미끄러지며 달려와 갑자기 몰려드는 찬바람에
어깨를 내려놓는 마을이 커다랗게 움츠리는 한나절
햇살 좋은 하늘나라 온기에도 추위를 버틸 수는 없는 듯
자꾸만 이웃들에게 기대려는 나그네
지친 외로움이 들썩이고 텃밭 울타리 큰 나무들이
춥다고 발을 동동 구르지만 뱅 둘러앉힌
조그만 생명들을 바람막이로 감싸 다독이는 사랑
굴뚝새와 까치가 입김을 불며 매달린 가지마다
죽음인 듯 부활이 아무렇지 않게 깊은 잠들어 사는
햇살을 좇아 햇살을 따라 자연스레 턱을 괴는 만물이
눈동자를 껌벅이는 대한 추위

역사 공부

저만이 앞인 줄 돌부리에 채이며
절름절름 절름발이 걸음걸이가
옛날이야기 속 신들과 전설처럼
눈덩이 굴리듯 굴린 영웅들을
오랫동안 책장에 담아 버티었고

좋아라 어쩔줄 몰라 어깨를 들썩이며
반짝이는 깃털을 꽂고 금박을 입힌
철학과 애국을 목청껏 부르짖으며
숨가삐 헐떡이는 역사가 뒤뚱 뛰우뚱
갈피를 잃어 꿈쩍치 않는 고집스러움

다시 쓰렵니다 인류 존엄이 넘실대는
진짜 영웅이 춤추는 민중들 풍속도
다시 그리렵니다 작은 물결조차 빼곡히
하얀 종이 위에 자연스레 눕는 화폭들
가짜는 가짜 진짜는 진짜로 뵈는 역사!

외계인

비행접시를 보았다는 둥 외계인을 만났다는 둥
꿈꾸는 듯한 수수께끼 그냥 그렇게 덮으랴
저기 저 저만큼 별나라에 우리가 먼저 찾아가
사랑을 그려야는데 먹이다툼에 바쁜 날
살인 놀음에 지친 날 더디고 더딘 발걸음
우리 존엄을 추슬리고 우리 만세를 끌어안아
비행접시를 탄 외계인과 스스럼없이 이웃할 테요
비행접시를 보았다는 둥 외계인을 만났다는 둥
꿈꾸는 듯한 수수께끼 그냥 그렇게 덮으랴

인연

끼니를 캐는 막일판에서 망치를 두들기며 톱질을 하며
땀 냄새 휘파람소리 왁자지껄 얼키설키 자연스런 인연들
목숨 걸 일조차 못 되는 하찮은 사건으로 잠깐이나마
미워한 아쉬움들 붉은 인연으로 익을 테고
쓸어 안아도 벅찬 막일 하루살이 길을 비아냥 귓속말에도
끄떡없는 인연으로 꽃지짐 널을 뛰어야 하지 않은가
형이라 아우라 안타까웠던 정들이 모여
의심투성이 장애물을 허물고 둥그렇게 뻗치는 인연들
죽어 사는 날까지 땀 냄새 밖을 기웃거리지 않으리라
줄자질 놓아 외친다 거푸집 지으며 외친다
'이 좋은 인연으로 죽어 사는 날까지'

그늘자리

'민주요 개혁이다' 시끌벅적 뻗치는 메아리
뭉클한 산울림에 반하여 깜냥으로 힘을 보탰는데
그 자리에 오르면 푸른 고집은 까마득히 잊은 채
끼리끼리 큰 도둑이 되어 눈감아주려는 놀이를
옛날 그대로 그늘자리입니다

언제쯤이면 살아 숨 쉬는 물살이 펑펑
자연스레 흘러 흘러서 배고픔과 힘없는
억울함들을 속 시원히 닦아주려는지
입으론 아직껏 큰 일꾼처럼 '민주요 개혁이다'
물거품만 그릴 뿐 썩은 웅덩이에 빠져 놉니다

바램

조용한 아침나라 한 아름 해가
하늘 오르려 야단법석입니다
티끌 한 점 없는 눈부신 빛살을
뭍에 놓으려고 부산할 새 깊은 어둠 물리며
온갖 목숨줄을 감싸 안는 멋
조그만 마을 뒤켠에서조차
꾸밈없이 마주하는 땀 냄새 일터
아버지와 어머니와 아이들이
훤히 열린 마당에서 사람놀이 펼치고
느닷없는 천둥 번개에도 무리 없이 비켜서
둥근 발자국을 찍는 보통 하루같이

자연법칙

애급이 멸하고 로마와 원제국이 스스로 무너져 내렸듯
몸집 큰 맹수 한 마리 홀로 십자가인 척
편견으로 마을을 헤집으며 먼지를 일으키는 동안
내면 깊숙이 자라는 죽음 뭉치를
능히 짐작하면서 방치하는건 뭘까요
피와 땀으로 일궈 놓은 문명 숲을 벗어나
얼키설키 얽혀 풀리지 않는 문제로 버거운 하루입니다
빙하 산이 녹아 섬 하나가 침수되고
잦은 지진 해일이 우리들 목숨을 까불리며 장난질이요
예측불허 일기예보로 두려움에 떠는데
몸집 큰 맹수 한 마리 홀로 왕인 양
자연법칙을 깨트리며 군림하려는 암흑!
예가 어디며 우리는 무엇입니까
가난한 마을과 눈곱 낀 노숙자들조차
참 주인으로 떳떳할 적에 해묵은 숙제들이
손쉽게 풀려 둥근 사람 가슴을 둥그렇게 그릴 것을

거꾸로

가깝고도 머언 저만큼 예가 고향 하늘이요 안마당인데
그냥 잊은 척 새벽녘 고속열차를 타고
목적 잃은 여행길에 올랐다
차창으로 데면데면 스치는 건 고향 닮은 애틋함 뿐이라
억눌렸던 그리움을 감당 못 하고 용호춤 각시샘
목욕과 황부들 방아다리 어리광 청룡뿔에 쑥밭티로
보름달을 좇아 깊이 빠져드는 사랑 이야기
한 발짝 한 걸음이면 인정어린 둥지 그늘 숲인데
이십여 년을 비켜온 삶 고집일까 체면일까
큰 아픔일까 아직껏 헤메이는 꿈속
컴퓨터가 온갖 삶을 안내하는 눈 깜짝일 새지만
이런 내 마음을 채울 수는 없는 것
오직 나만이 홀로 외롭게 바람이고 구름으로 흘러
흘러서 지쳐 굳어지는 날까지
소나기든 진눈깨비든 끌어안아야 할 숙제가 아닐는지

귀빠진 날에

귀빠진 날을
까마득히 잊어버리고
살아가는 삶

남들 귀빠진 술은
날짜를 헤아려
어김없이 챙기려 하네

귀띔

별나라 여행길이 가끔씩 열려
빛살 감기는 가슴 벅찬 시간일까요
눈 속에 박히는 형상이 넉넉해
그토록 손꼽아 온 삶일까요

보이지 않는 어느 한 쪽에선
아예 귓문을 닫아 놓는 날
누군가가 어떻게 귀띔해줄까?
까치발 거북이걸음으로 걷지만

키다리 아저씨 꾸벅꾸벅 졸고
방앗골 누님은 공부 중이라
개구리 녀석이 시냇물로 첨벙
뛰어내리며 넌지시 속삭이는 말

"이 마을 동물 법칙이 귀신을 잡아먹고
저 동네 짐승 울음이 지구도 쪼아 먹는다"
핀잔이 튕기는 물결 속에 박혀
내 가슴이 시원토록 시간을 멱 감깁니다

도시텃밭

도시의 무너져 내린 빈 터에서
온갖 시름 널린 흙무덤 속을
금세라도 넘어질 듯 죽음을 내던지며
끈질긴 싸움으로 버틴 목숨들이
잎새는 커다랗게 하늘 받치고
가지마다 웃음 큰 아이를 놓는다

눈 내리는 날

하얀 눈발이 살포시 눕는 고요 속으로
어정쩡히 기웃대는 어설픔
망설이다 지쳐 좋은 날 미룰까 걱정이 앞서고
예서 그만 나그네 짐을 풀어 홀가분히 놀아 볼까나
아이야 아이야 불 달은 내 아이야
어서 나와 발자국 찍어라
찬바람에도 꿈쩍치 않는 숨결
시름을 쓸며 자란다

산과 들녘이 보드라운 물결무늬 떼
누구나 설레이는 방망이질
이렇게 좋은 날 아니 뛰놀면 메아리도 끊겨져
가슴 속에 꽁꽁 담겨진 이야기들 몽땅 쏟아부을까
아이야 아이야 귀 밝은 내 아이야
어서 나와 귓문을 열어라
찬바람을 비켜 슬픔이 녹는 소리
나무를 깨워 흐른다

4부
감성과 이성

한가위

한가위 날 이른 아침부터 비는 내리지만
차례를 지낸 집집마다 왁자지껄 정이 오붓하다
갈 곳을 잃은 바보 떠돌이 작은 골목길을 돌고 돌아
옛날을 한 웅큼 매달려보지만
곱절로 자라는 쓸쓸함 어쩔 수 없어

부모님 그늘 숲으로 목을 축일까
여행을 떠나 마음을 추슬릴까
누나 집을 멋쩍게 찾아 누울까
들쑥날쑥 갈피를 잡지 못하는 하루

이렇게 좋은 날을
늘 미루어 놓고 살아온 바보 떠돌이
오늘 날씨처럼 우중충하지만 바깥에는 아이들
조그만 빗줄기는 아랑곳없이 온 동네
골목길을 놀이터로 바보 떠돌이를 안정시킨다

홀로

홀로 아침을 맞고 홀로 이부자리 펴며
홀로 술 취해 노는 홀로 숨 가쁜 삶

뉘랴
낭만을 씌우려 안달입니까?

홀로 듣는 귀와 홀로 깨닫는 가슴은
홀로 밝지를 못해 홀로 조마조마한 삶

뉘랴
동경 어린 눈초리로 법석입니까?

홀로 거추장스럽지 않은 듯 홀로 스스럼없는 듯
홀로 엉킨 채 홀로 뒤척이는 삶

뉘랴
사랑으로 멋부릴 것입니까?

컴퓨터 문화

컴퓨터에 맞아 죽고
컴퓨터에 깔려 죽는
캄캄히 귀닫힌 귀신들아
새벽별 큰 눈을 떠
햇볕바람 쏘여라

온 마을이 시끌벅적
핏줄처럼 새끼를 쳐
둥그러니 둘러앉힌 컴퓨터에서
술술 터트리는 이야기들이
그윽한 사람 냄새!

컴퓨터에 목매 죽고
컴퓨터에 갇혀 죽는
멀쩡히 눈 뜬 귀신들아
귓문을 활짝 열어
가슴 소릴 모아라

믿음

"만나자" " 못 믿겠다" 밀고 당기는
입씨름이 아프도록 서러운 날 느닷없이
포 소리는 이리 쾅 저리 쾅 스스로가 두렵습니다
손꼽아 가슴 죄던 부모님은 모두 떠나시고
철부지 아이들 어느새 하얀 머릿결을 나부낍니다

"보태 달라" "의심스럽다" 배 곯아 죽는
목숨이 넘쳐나는 날 누구는 삼대째
왕처럼 우쭐대며 스스로 갇혀 살고요
"오라" "믿을 수 없다" 시끄러운 입씨름이 멈춰지는 날
마음 편안히 한 핏줄이라 가슴을 부비겠지요

감성과 이성

감성과 이성이 높고 넓게 다툰다
감성과 이성 어느 한 쪽에 기울면 와르르
무너져 내린 모래 언덕 아직은
감성의 중력과 이성의 중력이
팽팽히 맞서며 자전과 공전을 할 때

감성의 중력이 귓문을 터트려
이성을 아우르면 온전한 사람으로
스스럼없는 발자국을 찍어 자연스럽게 앉히는 날
감성은 자연스레 사랑을 노래하며
이성을 품에 안는다

철없음

철없는 아이들
야단법석 말썽 피우는
철없음을 꾸짖지 마세요

그 철 없음이
먼 훗날을 여는
빛살인 것은

나이가 늘며
숫자 놀이처럼
잃어 가는 철 없음을

머릿결이 하얀 날
어릴 적 철없음이 그리워
우는 바보가 됩니다

장군님 만세

숨통을 움켜쥐는 물 건너 손아귀가 무서워
굶주려 쓰러지면서까지 어쩔 수 없어 핵을 든 것입니까?

나이 적은 아들에게 할아버지와 자신을 닮으라며
유리관 속에서조차 아버지를 흉내 낸 불안함이여!

저 꿈쩍치 않는 딱딱함과 날카로움들 모두
자존을 지키는 커다란 물결입니까?

압록강과 두만강을 건너 바다로 뛰어드는
목숨 건 싸움들을 무지개 햇살이라 웃을까요!

조선 아이들은 배고픔도 뒤로 미룬 채
장군님 만세를 외친다

우물 안 개구리

작은 호수 작은 물살에 갇힌 줄도 모르고
둥글게 나이테 바람을 일으키지만
큰 산을 넘지 못한 골짜기에서 좁다랗게
발이 묶여 놉니다

날마다 띄워 날리는 무지개 빛살을
날개옷을 두르기도 전에 메아리로 돌아와 울고요
행여 동아줄을 잡아 하늘에 오를까?
목청을 아끼지 않는 나그네 넋두립니다

바램

동쪽 땅끝에 서서
동쪽 땅끝에 서서
조용히 입술 깨물며
남부끄럽지 않은 물살
남부끄럽지 않게 철썩이기를
밤낮없이 손꼽습니다

동쪽 땅끝에 서서
동쪽 땅끝에 서서
한결같은 꿈을 꿉니다
서해와 남해와 더불어
큰 메아릴 긋기를
반짝이는 꿈으로 꾸밉니다

새벽녘 고속열차

새벽을 깨우는 고속열차 울음은
새롭게 태어나려는 박동 소리요
고요와 어둠을 물리며 쏜살같이 달아나는 온기는
한줄기 빛살입니다
배웅하며 마중하는 조심스런 정성들은
출발선에 똑바로 서려는 각오가 아닐는지요
새벽녘 고속열차가 지납니다
휭 휭 소리를 질러대며
새벽녘 고속열차가 지나갑니다

눈빛

초조와 두려움이 어둠이면
고요와 침묵은 두려움이랴
눈빛이 살아 있는 동안엔
희망은 숨 쉬는 무한정 길
어둠 속 깊은 곳에 빛살이
감춰진 사실을 모르시나요

고요 속 은밀한 곳에
활달한 힘이 넘치는 것을
깜박하셨습니까?
눈빛이 가는 데로 길을 열어
희망을 좇으렵니다

눈빛이 머무는 곳에 땀을
뿌려 휴식을 즐기며
샘물 퍼 올리고 눈빛이 빠져드는
하늘을 훨훨 나르는
한 마리 새가 되렵니다

5부
다 잘 있느냐

떡국

나이만 느는
눈 깜짝일 새가
물보라 거품뿐이라

너무 부끄러워
너무나 죄스러워

올 설날엔
떡국을
끓이지 않을래

소녀상

앉아 있는 소녀상이 저토록 애처로운 건
억울한 누명 그대로 흙으로 돌아가셨습니다
칠십 년이 넘는 그 날 돈 벌러 간다며
의기양양 군용트럭에 실려 가슴 벅차게 따라나섰는데
오매 오매 오매야 폭탄이 쏟아지는 전쟁터
장막 처진 한 귀퉁이에서 성노예가 되어야 했습니다
그들은 왕인 듯 대장처럼 음흉한 구둣발 소리에
여린 가슴들 어쩔줄 몰라 이미 그곳은 악마들 소굴!

세월은 흘러 흘러서 예까지 왔건만
그들 자손은 여전히 한술을 더 떠
미치광이가 되어 있었습니다
역사는 결코 이런 엄청난 짓거리들을 용서하겠습니까?
넋 잃는 자들이여 사람들 사람끼리
사람으로서 자연스럽게 용서를 비세요
그러면 그때에 사람 노래를 부르며
자연스런 사람이 됩니다

아기 공주님
- 경은이에게

할아버지 수염을 더듬고 더듬다
잠이 들던 아기 공주님! 호랑나비 날 때면
금방이라도 잡을 듯 홀로 지쳐 앉았고
막내 삼촌은 귀엽다며 장난질 치다 넘어트려
떼를 쓰던 아기 공주님!
잠자리 사냥할 적엔 작은 발조차 조심스럽게
숨소리마저 감췄다

서울로 떠나가던 날 할아버지 두루마기를 잡고
엉엉 서럽게 울던 아기 공주님!
기어이 삼촌들과 고모를 눈물 흐르게 만든
우리들 사랑으로 남겨진 그때 그 아기 공주님!
신랑을 만나 아이를 낳고 살림살이를 한다는데
아직껏 막내 삼촌은 작은 산 아래 집에서
이야기 그림을 놓고 있네

진화

◎
동그라미 안 •(점)과 ─(선)이
─(가로)와 ｜(세로)가 △(삼각)과 □(사각)으로
가볍게 쫓아오며는 진실되게 살아가려는 사람나라요

◎
•과 ─이, ─와 ｜가
△과 □으로 ○를 끌고 가면은
사람임을 포기하는 짐승입니다

△와 □가 곱다랗게 ○에 박혀
발걸음 찍으면 사람으로 진화하려는
커다란 꿈을 꾸는 것이며

자연스런 ○가 △와 □에 묶이면
짐승으로 버티려는 못된 꿈을 꾸는 것이라

돌아가자 ○로 돌아오라 ○로
그러면 그때에 사람임을 우러를 것이요

시작

낯과 밤을 잃어 산
숨 가쁜 삶을 아무렇지 않듯 그리며
이성이 감성을 짓누른
끝없는 폭력을 북돋워 살아가는 삶
이냥 이대로 흘러 흘러서
동물 화석으로 박히려고
예서 그만 꼬리를 끊어
감성과 이성이 어깨동무해
사람으로 버티려는
자연스럽게 하늘 열린
하늘 맞을랍니다

선과 점

옛날을 사시던 어른들께선
─(선)은 상모돌리기 춤이고
한복에 넘쳐 흐르는 멋이라
•(점)은 끝나지 않은 휘파람이요
다시금 시작을 알리는 기쁨이었습니다

인터넷과 로봇이 유행처럼
─과 •을 부자연스럽게
끌어안고 사는 동안은 광년 거리는
좁혀지지 않을 테고

우리 아이들 자연스럽게
─과 •을 옛날처럼 가슴에 묻어 달리면
온 별나라와 이웃할 겁니다

─과 •이 웃는다
그 큰 웃음이 사람 속으로 담긴다
─과 •이 인사를 한다
그 큰 자연스러움이 사람들 웃음밭에 앉힌다

아리따운 한글

홀로 낮도깨비 요술 방망이처럼 너무 쉽게 한글을 익힌 탓에 엉터리 막무가내가 되어 있음을 시집을 내며 크게 뉘우칩니다 띄어쓰기와 붙여쓰기의 어려움과 붙여쓰기와 띄어쓰기의 오묘함이 강물 흐르듯 흘러내리는 우리들 자랑스런 말과 글이지요

쉬운 듯 어렵고 어려운 듯 쉽게 엉킨 매듭이 자연스럽게 풀려 한껏 맑고 밝게 눈뜨게 합니다 하나 둘과 하나둘 좇아와 쫓아 날았다와 날랐다 한시름과 한 시름 서로 뜻이 다르게 멋을 풍기는 반듯한 절도와 아가씨 애교 같은 고급스러움과 상냥함이 함께 어울려 더욱더 빛을 내는 품격이지요

이렇게 아리따운 말과 글이 세계 공통어란 변명으로 끌려가야 합니까? 말씀 좀 해보세요 높으신 분들 섬나라 말은 거의 다 소멸해 가는데 특히나 학자님 국회의원 대통령님 책가방 끈이 긴 사람들과 방송국 신문사는 책임이 더 무겁습니다

책가방 끈이 짧은 우리들은 젊은이들 이야기 속에 거리의 간판마다 너무 낯이 설어 눈멀고 귀가 막혀 이런 멀쩡한 날에도 잘 듣지 못하는 더듬이 되어 더듬더듬 걸어야만 했지요 아리따운 우리 말과 글을 적고 나서 다음으로 살며시 괄호를 열어 낯선 말과 글을 써넣고 조용히 괄호를 닫으십시다 제발요!

가랑비

겨울이 지나가는
마지막 길목에서
가랑비가 내린다
봄을 맞으려는
가슴 벅찬 눈물 자국

새 옷을 입히려는
오랜 기다림에 지쳐
가랑비가 내린다
봄빛 물감을 쏟으려는
설레이는 눈물샘

가랑비가 내린다
하루종일
봄을 터트리려는
하염없는 눈물 보따리
며칠이면 새싹이 돋아나겠네

아름다운 조화

○는 밟히면 밟힌 대로
오그라들었다 온전히 펴는
자연스런 감성입니다

─(선)과 •(점)이, ─(가로)와 │(세로)로
△과 □를 낳아 수를 놓는
온통 이성 세상인 듯하여도

감성은 이성과 조화하려는
태양신의 자손으로서
우리들 어버이입니다

감성과 이성이
광장에서 논쟁을 벌이면
꽃밭이 되어 활짝 웃는

이성과 감성이
웅덩이 속에 빠져 멱살 잡으면
하늘 찌푸린 벌 주머니입니다

새들 노래

어릴 적 귀 기울이던 종달새 노래는
신비로운 바다요 하늘이요
아직 읽히지 않은 동화책으로

며칠 전에 듣던 솔새들 울음은
둥지와 짝을 그리는 간절한 하소연!
울부짖음!

오늘 귓문을 여는 산까치 이야기들은
네모난 세상 안을 한껏 놀리는 비웃음!
꾸지람이여!

잠시 목청을 아끼는 뒷동산 새들은
어떤 노래를 준비하여
내 귓문을 두드리려나

큰 메아리

아부지 어머−이
내 부모님을 부르고 불러도 대답 없는
이 고개 마루턱에서

꿈속에라도 나타나실게요
밤마다 소원하며 잠이 들어도
뵐 수 없는 내 부모님!

아부지께서 즐겨 듣던 라디오 방송을 틀까
어머−이께서 가끔씩 마시던
막걸리 대접을 가득 채울까

뒤늦게 야단법석이지만
내 부모님께선 여전히 크나큰 메아리로
나무라십니다 "건강해라"고

홀로라는

홀로라는 두려운 날이면 추억을 더듬는
옛이야기 내 나뭇가지에 매달려
한껏 타래실을 풉니다

온갖 꽃지짐이 널을 뛰는 동산에다
둥지 틀 자리를 눈어림해 놓고
내 어리석음으로 절룩이는 화폭만을 가득히
먼 데 산을 가로지른 외짝새여

돌아올 것을 의심치 않으면서도
걱정이 앞서는 것은
홀로라는 두려움 때문입니다

젊은 아낙네

나물 캐러 나온 젊은 아낙네 궁둥짝이
동그랗게 너무 어여뻐
슬쩍 얼굴도 도둑질해 본다

못 본 척하였지만 눈 깜짝일 새
아름다운 그림들!
머릿속에 묻었네

처녀와 젊은 총각으로
눈길 마주쳤으면
고운 말투를 다듬어 꼬드기겠는데

이미 아이 엄마라
아쉬운 발걸음을 더디고 더디게
반대쪽으로 옮긴다

젊은 아낙네여
어여쁜 아낙네여
두근거리는 이 가슴을 어쩌면 좋을까요

과학

인공지능이 가깝게 다가와 설치고 깝죽이면서
사람들을 놀라게 하지만
결코 머슴살이에서는 벗어날 수 없는 시간

인조인간(로봇)에게 심장이 박혀
고상한 멋을 나부끼며 사람으로 버티려 하지만
한낱 개꿈을 꾸는 잠꼬대 속삭임이라

다능전화기(스마트폰) 속 기능이 눈과 귀와 입으로
주인공인 듯하지만 아예 손발 묶인
코 없는 기계일 뿐

어차피 너희는
우리들 지능과 기능으로 탄생하였고
우리들 지능과 기능으로 목숨이 끊길 운명

무엇을 염려하십니까?
그저 다 우리들 작품으로 우리를 대신하게끔
기능과 지능을 빌려준 우리가 참 주인입니다

벌거숭이 친구

벌거숭이 친구들이 마냥 그리워
물끄러미 먼 산 한번 바라보고
벌거숭이 친구들이 하도 보고파
옛 영상들을 꼼꼼히 들여다본다

벌거숭이 친구들은 지금쯤 어디에서
어떻게 살까? 궁금한 뉘우침입니다
벌거숭이 친구들과 이유 없이 멀어진
엉뚱함이 죄스러워 괴로운 가슴

벌거숭이 친구 기청과 순예네 집
주소와 전화번호를 알게 된 기쁨이
벌거숭이 친구들아 조금만 기다려라
이제는 가깝게 다가가 우정으로 부비리

조그만 기계
-스마트폰

조그만 기계 손에 든 아이부터 젊은 중년까지
거리에서 지하철 안에서 자꾸 두드린다
조그만 기계 손놀림이 제법인걸

옆에 앉은 이웃이나 나란히 걷는 걸음발까지
귓문을 닫아 흘러내리는
요술방망이인 듯 자꾸 두드린다

혹시나 기계 틀 속에 갇혀 거꾸로 진화될까?
조바심 나지만 걱정들은 꽉 붙들어 매란다

입술조차 아예 닫아
말이 다치지 않도록 조심하려는
말을 아끼는 좋은 날이다

오천년

고추골 서당산 백로가 훨훨 빗살무늬 날개를 펴고 날아가 잠시 멈춘 송국 지석묘자리에서 꾸구 꾸구꾸 슬픈 목소리로 들여다보는 고조선부터 발해의 끊긴 흔적들 겨울날 찬바람이 신암 성터 자리를 미끄러지며 응평에서 만난 세탑바람과 부둥켜 안고 달래 보려는 마음은 천사백 년 가깝도록 못 잊을 아픔 때문에 세울을 건너 연화를 넘는 저토록 멋스러운 하얀 구름 떼는 웃 어르신들 말씀과 발자국이 찍힌 오천 년을 흐른 푸른 숨결 같습니다

하나가 여럿된 옛시절 잊힌 채 하나가 둘이 되어 억눌린 가슴 보각골 골짝에서 신탁골 골짝에서 아무도 모르게 목청껏 소리나 쳐볼까? 말미 둑길을 따라 송현 못을 지나 응동 산자락에 철푸덕이 주저앉은 하백의 딸 유화 아가씨께서 주몽을 잉태하시려 자리를 닦는데 어디에 계십니까? 해모수 장군님 여럿도 아닌 둘을 무너트릴 날 머지않아 돌아올 것이란 믿음! 고추골 당산재 팔각정 꼭대기에 솟대를 꽂으렵니다 솟대를 팽나무보다 더욱더 높고 커다랗게 장자동이 훤히 내려다보이게끔 온 동네 사람들이 모여드는 거룩함을 곧 볼 겁니다

시끌벅적 떠들썩한 날에

옛날의 자장가

달강달강 우리 아가 밤 한 되를 얻어다가
살강 위에다 숨길까 벽장 속에다 감출까

생쥐란놈이 들랑달랑 다 까먹고 빈 껍데기뿐
어찌하면 좋을까요 우리 아가 잘도 잔다

달강달강 우리 아가 빈 껍데기라도 삶아서
진짜배기는 우리 먹고 찌꺼길랑 남들주세

달강달당 우리 아가 동네 사람들 다 불러서
생쥐란 놈 꼭 잡아내 꼬리를 묶어 매달고

잘도 잔다 우리 아가 한 살 더 먹은 이맘때엔
밤 한 말을 주워다가 부엌 마당에 깊이 묻어

달강달강 우리 아가 잘도 잔다 우리 아가
달나라에 별나라로 동그라미를 그린다

* 어릴 적 부르던 전래동요에 뼈와 살을 덧붙였음

보문산 추억

보문산 샛길 열어 발을 내딛는
네 살 아이 소연과 꼬마 오빠는
벌써부터 떼를 써 무등을 태워
땀내 젖는 걸음발 꽃들이 생긋

용현인 동생처럼 태워 달라며
철푸덕 주저앉아 꿈쩍을 않는
솔밭 틈새로 뻗친 햇발이 좋아
보문산 하늘나라 감사드리며

살살 달래 일으켜 다시 걷는 길
언제쯤 꼭대기에 오를 것인가?
가만히 귀 기울여 속삭여 드는
멀리인 듯 가깝게 다가오는 말

꼬마들아 이제는 고생 끝이다
조금만 걸어가면 보문산 정상!
어느새 장사꾼들 넋두리 속에
아무거든 사달라 어리광 놓네

간호원 아가씨

관장을 한다며 병실에 온
어여쁜 간호원 아가씨가
옆으로 드러눕게 해 놓고
아래 속옷까지 반쯤은 벗겨
호수로 똥구멍을 찌른다

아아아, 소리를 지르라 해
박자에 맞춰 나는 아아아
호수를 빼고 틀어막은 곳에선
화장실 문을 열기도 전에
설사 똥만 줄줄 흐르고

생식기에 꽂힌 소변줄도
어여쁜 간호원 아가씨는
아무렇지 않게 손쉽게 빼내는데
나이 먹은 이 가슴엔 박동이 일어
어린아이처럼 어쩔 줄 몰라했다

다 잘 있느냐

벌거숭이 남자 친구들 모두 한 묘소를 섬기는 친척이고요

다른 성으론 여자 셋만이 맞는데 막내 병례를 끼워주면 넷으로 서당의 옥자 최정말 종애 떡방앗간 꾀꼬리 가수 혜옥까지고 경옥 추열 양송이 미인 순예와 그다음은 가물가물 이름을 잊어 미안해

예쁜이들아 용서만 빌께

영감탱이와 쌍 보칠이는 할아버지뻘인 대부고요

목렬과 폼쟁이 부엌 뜸 무뚝이를 아저씨라 불러야 되는 친구라 곶감할배 주먹대장 어벙이 나와 걸음이 닮은 팔자걸음은 돌림자가 같은 형이며 동생이고

넘말 문지기와 안말 계용과 샛님은 나에겐 조카님이 되는데

내 귓속이 따갑다 못 견디도록 간지러워

"누구는 이름이고 우린 별명이냐?"

"고추골 촌놈들아 내 맘이란다"

벌떼처럼 꾸짖을 기세라 내가 먼저 한 걸음 물러서서

"대부 아저씨 형 동생 조카님들 속상한 마음만은 벌거숭이 친구로서 이해하시게"

아− 정말로 그립도록 그리운 나의 벌거숭이 친구들이여!

그 시절로 돌아갈 수는 없지만 우리들 추억 속엔 그대로 꿈틀거리는 옛날에 흔적들 배꼽 밑만을 가려 용춤출 적에 예쁜 이들은 몰래 숨어서 봤던 파란 솔밭 그늘이 마냥 그리운

벌거숭이 친구들아 다 잘 있느냐?

꾀병

동무야 동무야 먼 산 나무하러 가자
엊저녁부터 아픈 배 낫지 않아 못 간다
먼 산 나무하러 가서 칡뿌리 캐 먹으면 낫을 배
동무야 동무야 나를 데리러 오지 마라

나 혼자선 못 가는 걸 그래서 부르러 갈 거다
오지 마라 오지 마 진짜 배 아파 못 간다
꾀병인 줄 다 아는데 들키면 어쩌려고
동무야 동무야 여우 같아 미웁구나

* 어릴 적 부르던 전래동요에 뼈와 살을 많이 붙였음

석관동 추억

연탄가루가 춤을 추며 휘날리는
석관동 뚝방촌에 세 들어 사는
단칸방엔 나와 욱렬인 염치없이
형님 내외와 어린 딸과 다섯 식구가
아무렇지 않듯 한 달 이상을 버티었습니다

나가 살라면 나가 살아야 되는
답답한 환경 속에 헐떡일 때마다
형수님은 우리를 포근히 감싸시고
취직이 되는 날까지는 헛된 생각 마라며
우리를 다독여 화투놀이를 펼쳤습니다

콧구멍이 새까만 마을에 살지만
이웃끼리 정만은 오붓한 화롯불이요
서로를 챙겨주려는 마음씨 고운 물살!
명동 사는 사람들이야 눈 한번 깜빡 않고
성수동 뚝방촌에선 안부 엽서를 띄웠답니다

국립중앙도서관 출판예정도서목록(CIP)

그늘자리 / 지은이: 리규창. -- 서울 : 담장너머, 2016
    p. :   cm. --   (Over a wall poetry : 28)

ISBN 978-89-92392-49-5 03810 : ₩9000

한국 현대시[韓國現代詩]

811.7-KDC6
895.715-DDC23   CIP2016017364

Over a Wall Poetry
28

인지생략

그늘자리

2016년 7월 23일 초판 1쇄 인쇄
2016년 7월 30일 초판 1쇄 펴냄

지은이 | 리규창
펴낸이 | 송계원
디자인 | 송동현 정선
제 작 | 민관홍 박동민 민수환
펴낸곳 | 도서출판 담장너머
등 록 | 2005년 1월 27일 제2-4102
주 소 | 04626 서울시 중구 퇴계로36나길 19-13, 105호
전 화 | 02-2268-7680, 010-8776-7660
팩 스 | 02-2268-7681
이메일 | overawall@hanmail.net
카 페 | http://cafe.daum.net/overawall

2016 ⓒ 리규창

ISBN 89-92392-49-5 03810
값 9,000원